慢—生—活—系—列

蔡澜旅行食记

人生贵适意

蔡澜 著

U0728407

长江出版传媒 | 长江文艺出版社

图书在版编目（ＣＩＰ）数据

人生贵适意：蔡澜旅行食记 / 蔡澜著. -- 武汉：
长江文艺出版社， 2018.10
（慢生活系列）
ISBN 978-7-5702-0456-4

Ⅰ. ①人… Ⅱ. ①蔡… Ⅲ. ①散文集－中国－当代
Ⅳ. ①I267

中国版本图书馆 CIP 数据核字(2018)第 102215 号

责任编辑：张远林　黄文娟　　　　　　责任校对：陈　琪
装帧设计：壹　诺　　　　　　　　　　责任印制：邱　莉　杨　帆

出版：长江出版传媒 ｜ 长江文艺出版社

地址：武汉市雄楚大街 268 号　　　　邮编：430070
发行：长江文艺出版社
电话：027—87679360
http://www.cjlap.com
印刷：荆州市翔羚印刷有限公司

开本：880 毫米×1230 毫米　　1/32　　印张：10.5
版次：2018 年 10 月第 1 版　　　　2018 年 10 月第 1 次印刷
字数：201 千字

定价：42.00 元

五味

•一份美食，一份对生活的爱•

一
生

· 有趣的灵魂万里挑一 ·

按照希腊人说的，那么多岛，一定有一个值得爱上的话，我喜欢的，叫帕罗斯（PAROS）。

" -

希腊建筑，全是蓝色屋顶白色的墙。

"
索菲亚大教堂，是非常值得一看的，"SOPHIA"
在希腊文中是"智慧"的意思。

"------------------------------------

伊瓜苏瀑布有各个不同形状和角度去看，总计有
好几百处，伊瓜苏毫无疑问是天下最美的。

> 在这深山野岭，马丘比丘这么个规模巨大的部落，是凡人不能想象的。

> 迪拜有世界最高的哈利法（BURJKHALIFA），
> 有162层，总高828米。在迪拜，什么都要世
> 界最大才甘心。

"
- -

　　大庙中敲鼓打钟的声音摄人心魂，让人感受
到密宗的神秘力量。

" ··

每一间安缦都会给你那种低调及安详的印象。

REN
SHENG

四

来一场说走就走的旅行

方

GUI
SHI YI

人生
贵适意

蔡澜
旅行食记

情忆草原的羊宴

在中国的每一个城市， 我都有一群朋友， 对于吃有极深厚的热诚， 而且最重要的是， 信得过。

到了北京， 一定得去找洪亮， 微博名叫"心泉之家"， 有许多粉丝都爱看他写吃的报告。 他是一家名牌摄影机的代理， 得到处去巡视业务， 人住在北京， 对北京小吃当然熟悉， 对其他都市的认识也多。

"想吃些什么？ 这次来。" 他问。

"你知道我最爱吃羊肉。"

就这样， 一顿精彩的羊肉宴诞生了。

只约六七个好友， 多了互相的沟通就不够， 我们去了一家叫"情忆草原" 的店铺。

地方较为偏僻， 装修也平凡， 但传来羊肉的香气。 洪亮兄告诉我， 老板特地指定一只羊， 请牧民当天早上屠了空运到北京。 事前又预订了一个菜， 叫"三胃包肉"。

上桌一看， 碟子像个小葫芦。 羊有四胃， 第三个特别平坦， 把胃反过来， 可以看到只有五六条皱褶而已。 再用羊的肚腩肉切片， 塞在里面， 以粗线缝起， 就那么放进冷水中， 滚后转小火， 煮个十五至二十分钟， 就能完成。

老板孙文明是个大汉， 走进包厢， 用利刀往羊胃一割， 热腾腾的汤汁流了出来。 羊腩肉固然软熟， 好吃无比， 但还是那口汤留下最深刻的印象， 又香又甜， 可算吃羊肉最高境界之一了。

再看桌上， 有个碟子装着深绿色， 切成一丝丝， 像昆布的东西， 那是什么？

它名叫沙葱， 原来不是切出来的， 原形用盐腌制成这个样子， 是种草。 试了一口， 味道清新。 原来吃羊肉配这个， 已经不必蘸酱油了。

另一碟绿色的， 是用野生的韭菜花磨成蓉。 当今农历二月， 是吃韭菜的季节， 羊肉和韭菜， 又是完美的搭配， 比西方用薄荷高明。

巨大的炭炉小锅已烧得通红， 搬了进来后才把冷水倒进去， 即刻嗞嗞地冒烟， 据说这才正宗。 话题打岔了， 什么是涮羊肉呢？

最早的军队，打仗来不及做饭，就把羊肉切成薄片，在锅里一烫就能吃。和平后涮羊肉成为蒙古草原王族的食物，只有他们才能吃。元朝和清朝，王族们带到北京，也不许平民百姓做。后来清朝允许大臣们吃，但皇宫里的御厨不可能走出来，只有找到会处理羊肉的贩子做。最后皇帝开恩，让百姓在特许的两家餐厅卖涮羊肉，就是"东来顺"和"一条龙"。

"东来顺"开了很多家分店，良莠不齐；"一条龙"在前门步行街上，店里还摆着二百多年前皇帝用来涮羊肉的锅，但也因游客多，推出便宜的套餐，羊肉质量大大退步。

一般的店里，只能吃到冰冻后刨成一圈圈的羊肉，冻切羊肉也只不过是 20 世纪 30 年代才开始的。当时是肉上放了大冰块，厨师一手按住冰一手切肉。切过十年之后，按冰的手，手指头全部蜷曲伸展不开，成为一种职业病。周恩来巡察"东来顺"时发现这一情形，要求技工做出切羊肉的机器，才免了厨师的灾难。

今晚吃的涮羊肉有三种：上脑、后肋条和 3D。

"什么是上脑？"我问。

孙老板又走进来解释："就是靠近羊头的部分。"

肉颜色还粉红，只带了一点点的肥，涮了一下吃进口，异常软熟，不错，不错。

"后肋条呢？"

颜色较上脑深，肥的部分又多了一点，花纹漂亮，肉香又比上脑肉浓厚，层次渐进。

最后上 3D。

孙老板说："3D是挑羊群里面的胖子，要比普通羊肥四成左右，然后选第五根到第十二根之间肋条肉，用手仔细地切成薄片。"

"这和3D没有什么关系呀。"我说。

他点头："我就那么叫，叫出名菜来了。"

把羊肉涮完，摆上几条沙葱来吃；要不然，就点野韭菜花蓉。孙老板又说："我从来不喜欢什么芝麻或乱七八糟的其他配料，把羊肉的味道分散了，多可惜！"

说得一点也不错，用这么原始和自然的配料，才对得起好的羊肉。

各种肉再上个三五碟，有点腻了。在北京是喝不到浓普洱的，就算去了港澳式火锅店也做不好，请侍者泡杯给我，怎么吩咐也不够浓。一般在香港的店讲个三次就能达到目的，北京的说了七次，还是淡出鸟来。对涮羊肉的店别再要求，用啤酒补救好了。

店里的爆腌萝卜，泡了一两天就能吃，非常清新，把吃肉的厌气一扫而空。另外再上一碟老虎菜，其实这菜源于东北，为什么以老虎为名？它只不过是新鲜的辣椒、香菜和黄瓜拌在一起罢了，原来三种菜都是绿色，但用的辣椒特别厉害，一看没事，一吃才知，有如老虎的袭击。这时，胃口又开了。

见火锅的炭还是烧得那么红，我向孙老板要求："再上一碟尾巴。"

羊尾巴和尾巴没有关系，是完全的肥肉的叫法。普通的羊肉刨成一圈圈，颜色通红，一点肥的也没有。香港人吃火锅，吃惯了所谓半肥瘦的牛肉，就叫北京店里来一碟，对方一定不知所云，因为一般的羊少有像牛肉般的大理石纹。

这令香港客懊恼，我就叫羊尾巴，一圈羊尾巴一圈全瘦的，两圈夹在一起涮，不就是半肥瘦了吗？

涮出来的全肥羊尾巴有如白玉，点了韭菜花蓉来吃，不羡仙矣。孙老板看在眼里，微笑赞许。

写到这里，忘记了说最先上桌的一碟盐水羊肝，很粉，但对不起，还是猪肝的味道好一点。

中间的插曲，是布里亚特羊肉包子。布里亚特是蒙古族的一个分支，大多数人集中在俄罗斯下属的布里亚特共和国，首都乌兰乌德。还有不到一万人聚居在内蒙古，他们做的包子馅是手切羊肉，也有用牛肉，甚至用马肉的，加洋葱或野生韭菜。说是包子，其实像我们的灌汤饺，所以来到这家，不吃羊肉水饺也不可惜，单叫包子好了。

再也吃不下去了，抱着肚子喊时，上了烤肥腰。

一般的烧烤用铁枝吊起，撒上大量的孜然上桌。孜然个性太强，所有的滋味都给它抢去，讨厌的人还说像印度人胳肢窝的味道，远离之。

但这家人的烤羊腰将尿腺切除精光，所以能摒弃孜然，只撒盐也一丁点的异味也没有。慢慢地欣赏羊腰，一小口一小口吃，是种福气。

孙老板走进来敬酒，说是六十三度的。我一大口干了，真是厉害，问为什么开这间店。

"我在草原生活过，和牧民交上朋友，爱他们的热情，回到北京就用这个意思开了这家店， 其实也没多久， 只不过一年多罢了。"

"羊肉呢?"

"从不同地方运来， 像你们吃的上脑叫杜泊上脑。 杜泊羊是一种高产的羊， 对环境要求不高， 但肉质好， 长肉快。 最早来自南非， 分黑杜泊羊和白杜泊羊两种， 肉质是没有分别的。 其他部位来自内蒙古呼伦贝尔盟新巴尔虎左旗， 那里的草种类丰富， 肉味才不会单调。"

"哇!" 这么讲究， 我叫了出来。

这时， 整顿饭的压轴出场， 是一条巨大的肋骨。

"这就是我们的手把肉了!" 孙老板宣布。

那么大的一条肉， 也是放在冷水中煮， 滚个十五分钟就熟。 骨上的肉， 有肥有瘦， 孙老板抓着骨， 用刀把肉一块块切下。

我先选一块瘦的， 再来一块肥的， 两种风味完全不同， 但都是我吃过之中最好最香最软熟的， 差点把那"三胃包肉" 比了下去。

一般港人， 尤其是女的， 看到孙老板那么抓法， 一定怕怕不敢吃， 我们这群人一点也不在乎地狼吞虎咽。 也许， 只有这种食客， 才会被孙老板接受吧。

"整条骨那么长那么大， 那羊呢?" 我问。

"是只四齿羊。"

"四齿?"

"对， 羊每年长两颗牙， 你吃的是两岁多快三岁的羊， 肉味才够浓， 乳羊不行。"

"唔， 我们煲汤， 也要用老母鸡才甜。" 我说。

"说到汤，我把汤拿来煮粥给你们喝。"

就算胃再也没地方装，也要连吞三碗粥下去。

"担心你们吃不完，没叫鱼。"

"哈哈，还有鱼吃？"

"一般的鲫鱼有几两，我们的是两三斤。"

"怎么做？"

"到时你来，就知道。"

"还有什么我们今天没吃到的？"

"牛扒呀，我们牛扒也做得好，和西餐的绝对不同。"

"还是喜欢吃羊，有什么其他羊菜？"

"羊脖子呀，把羊的颈项切成 2.5 厘米厚的一块块，拿去煲汤，骨髓才容易吸。"

一听就知道好吃。"还有呢？还有呢？"

"蒸羊排蘸酸奶。"

不太喜欢酸的，但可试试看。"还有呢？"

"肥羊肠。"

对路了。孙老板说："这次等你们来，'三胃包肉'，先做好了，下次再来，等你们到了再去煮，趁煮得鼓鼓的时上桌，味道更好。"

好，重复一次菜单：三胃包肉、羊脖汤、蒸羊排蘸酸奶、羊肚肠、牛扒、牧民式的煮鱼，发达啰！

北京崇文区龙潭东路（光明桥西南角光明医院往南二百米）

+8610-8562-7589

...

爆肚冯金生

到一个城市， 去吃其他地区或国家的菜， 除非做得非常出色， 否则是浪费时间。 有什么理由不试当地佳肴， 了解那个地方的文化呢？

去了北京， 我当然光顾卤煮、 豆汁、 烤鸭和涮羊肉了。

最初去的是"满福楼"， 靠近故宫， 地方环境皆幽美， 每人一锅地涮， 也较适合香港人的胃口。 近来经常为了公事到北京， 认识了一位很靠得住的朋友洪亮。 他介绍的"情忆草原" 前些时候写过， 这回重访北京， 还是请他推荐羊肉， 希望把做得最好的羊肉店都试遍。既做一比较，又过足我这个"羊痴"的瘾。

去的一家叫"爆肚□金生隆"的，门口用亚克力做了一个大招牌，很怪。中间那个"□"只剩下旁边两点，不知是什么意思。大字下面有一小行，写着"创于光绪十九年"。这是家百年老店，又有洪亮的推荐，错不了的。

进口处还有一大排的火锅，十多个，铜制的，古朴得很。另有一大桶炭，随时添加，再生了一大壶的水。

走了进去，地方不算大，干干净净。看墙上挂着四张大照片。第一张是此店的创办人冯天杰（1874—1949）。第二张是第二代传人冯金生（1917—1998）。第三代冯国明，生于1947年。第四张照片是第四代传人，也就是当今的掌柜冯梦涛，生于1964年。

说曹操，曹操就到，冯梦涛本人出现了——长得高大，戴眼镜，蓄八字胡，斯斯文文，衣着整齐，扮相甚佳，像是一个历史剧人物，活生生跳了出来。

他笑嘻嘻地回答我的问题："店里那块漆金的招牌，冯字也是用块红纸遮住，当年我父亲没去注册，给人抢先，反而不能照用。外面那块风吹雨打，红纸不管用，也只有使出这一招了。哈哈哈。"

爆肚是北京典型的小吃，当年高官上朝，先来一碗医肚。所谓爆，是我们广东人说的白灼。

羊有四肚，第一叫"羊葫芦"，墙上的说明坦白地写着"硬货"二字。第二肚的"羊食信"也是。第三"羊蘑菇头"老嫩适中。第四的"羊散丹"就脆嫩。

爆肚的吃法，依老派，更有十三种。冯梦涛拿出四碟不同部位的给我们试， 前三碟较硬， 但咬呀咬， 就嚼出甜味来。 我最爱吃的也是最软脆的“羊散丹”。

蘸的酱料是店里的特别配方， 以芝麻酱为主。 老实说， 我还是觉得吃羊肉羊肚， 最好原汁原味， 不够咸的话， 加点韭菜花磨碎的蓉， 或来两三条盐腌的野生沙葱就行。

看到挂着的木头竖匾， 刻着清人的杂咏：“入汤顷刻便微温， 作料齐全酒一樽， 齿钝未能都嚼烂， 囫囵下咽果生吞。”

店里卖的酒是二锅头， 由冯梦涛叫人定制后送来， 其他渠道的货一概不收， 所以喝得特别放心和开心。 连酱油也有专人去厂家取货， 再便宜的也不要， 绝对保证是从生产厂中拿来。 冯梦涛在日本住过六年， 对原料配料的挑选严谨， 也多多少少受到一点影响。

送酒的还有摆满桌子的泡菜， 有糖醋蒜头、 锅渣、 芝麻酱黄瓜等等， 心里美萝卜丝的甜度拌得刚好。

这时又上牛肚， 有四碟， 分别为牛百叶、 牛厚头、 牛肚仁和牛百叶尖等。

还以为再也吃不下时， 主要的涮羊肉才开始。 一看那铜锅， 壁很厚， 底很深， 这么一来传热的速度才又快又稳定。 冯梦涛解释：“这是我们定制的。‘文化大革命’ 之后周围的老百姓都纷纷把家里的老火锅拿来卖给我们， 都派不上用场。”

这多可惜！ 要是收集拿到香港来当古董卖， 可发达了。

羊肉都是手切的。 冯梦涛说：“我们店里切得特别厚， 有些客人还吃不惯呢。”

涮羊肉， 我看到冰冻后刨成一圈圈的就倒胃口。 肉不是手切，又不够厚的话，怎行？

　　一只羊，最靠近颈项的叫"羊上脑"，有三成肥，很嫩。羊背外面的叫"大三叉"，最肥，有五成肥肉。羊背里面的叫"羊里脊"，很嫩，但全瘦。更深一层的叫"羊筋肉"，也是五成肥。大腿前节叫"一头沉"，嫩。大腿里面的叫"羊腱子"，全瘦，但脆嫩。靠近尾巴的是"羊磨裆"，只有二成肥。整只羊最高级的是靠近腹部，或一条条形状的"黄瓜条"了。

　　现在坚持把肚和肉分得那么清楚的也只有"冯金生"了，有的店只是一碟碟，吃什么部位都不知道。

　　我欣赏涮羊肉，不喜一片片涮，而是用筷子夹了一大团肉，放进锅中，是不是可以吃了，全凭个人的感觉，从不问人："熟了没有？熟了没有？"

　　这家人的羊，肉虽切得厚，但软熟无比，香味扑鼻，吃了要肚胀才知道停筷。这一顿，过瘾之极。

　　北京市西城区安德路六铺炕一区六号楼南侧

　　+8610-6527-9051

大连之旅

又要到大连去公干。上回去，已是十几或二十年前的事，年老神倦，已经忘记了，没有什么印象，连什么地方吃早餐也想不起，就在微博上发一个消息，请教当地人。

经三个多小时飞行，抵达时已晚，也不出去，在酒店胡乱叫些房间服务算了。这回下榻的是希尔顿，这块牌子在香港已消失，内地还是很吃香，说是当今大连最好的酒店。

翌日一早起身，查微博，网友们纷纷推介，很出奇地出现一个名词，叫"焖子"，都说焖子一定要试。到底是怎么样的东西，好奇得不得了。

还有访问要做，不能去得太远，问酒店哪里有焖子吃？都笑说那是下午和晚上吃的玩意儿。那么你们大连有什么值得吃的早餐？年轻人都回答不出，微博上有人提到"兄弟拉面"开二十四小时，对方想起回答附近有一家。

驱车去了，是家连锁店，墙上挂的餐牌，选择并不多。我们只有两人，把所有的面条都叫齐，满满的一桌菜。并没留下印象，反而是冷面不错，味调得好，可以和韩国的比拼。

心中又嘀咕，如果每一个城市，都和武汉一样，注重早餐，花样多得不能胜数，像"过年"一样，把吃早餐叫为"过早"，那有多好！回到香港才想起，在我那本《蔡澜食单·中国卷》找到大连那篇，记载了在菜市场吃的早餐，才大打自己的屁股一下。当年我还在那里吃了海胆捞豆腐脑呢，现在提供数据给将去大连的读者也不迟："大连市沙河口区西安路。"

回酒店，开始工作，记者问当今的大连和十几年前的大连有什么不同？我回答说从前还有些古老的建筑物，当今给全国相同的大商家广告牌包住。中国的都市，愈来愈长得一模一样了。

吃还是不同的，溜了出去，到我信任得过的网友韩大夫推荐的"大连老菜馆"。特色在于一走进去就看到水箱，里面应有尽有的海鲜，摆在你眼前。

我问有没有不是养殖的？店员搔搔头皮，指着黑色的鱼。什么名字？黄颜色的叫黄鱼，黑颜色的就叫黑鱼了。只有这种鱼是野生的，当然要了。请店里蒸，告知不会做。炆吧，好，炆就炆，肉质是粗糙的，味道是淡的，所以不蒸也是对的。加酱油炆才有味，如果像从前的黄鱼那么美味，早已被吃得绝种。

焖子呢？我要吃焖子，传统的，什么料都不下的那种。回答说，我们只有三鲜的，好，三鲜就三鲜。

上桌一看，只见海参、虾仁和螺片，用筷子拼命找才找到带青绿色、半透明的固体状态方块，这就是著名的"焖子"了！

海参本身无味，养殖的虾没什么好吃的，螺片硬得像老母鸡皮。焖子一吃进口，满嘴糊。又是一种新话！像羊肉泡馍的一种传说！记得我第一次去西安，就不停地找泡馍，这个名字给我无限的想象，听了那么久的当地人歌颂，不可能不好吃！结果上电视时被问，我说大概是从前人穷，吃不到白饭，只有用面皮搓成一粒粒，扮成米饭吧？当地人听了差点翻脸，我运气好才逃得出来，最后就学会了永远不能批评人从小吃起的食物。

叫的那一桌菜吃不完，三鲜焖子更是原本的一整碟，本着不能浪费的精神，请店里打包。

到了傍晚，肚子有点饿，找了那焖子来吃，咦，柔滑中还有弹性，海鲜的味道渗入其中，愈嚼愈好。一下子把焖子都找出来吃光，反而剩下海参、虾和螺片。

吃出瘾来，冲出酒店，跳进的士。司机问去哪里？有卖焖子的小贩摊在哪里，就去哪里。他瞪了我这个疯子一眼，也不敢反驳，直拉我去中山公园菜市场里。

看小贩小火加热，放进切成小块的焖子，用筷子翻动把皮煎得焦黄，放入盘中备用。另一厢，用臼子里捣碎的蒜泥、小磨磨出的麻汁， 还有浓郁的鱼露， 大量地淋在刚煎好的焖子上面。 我大声叫蒜泥多一点， 蒜泥多一点。 这种小吃， 蒜泥非得加到口气浓得叫人避开三尺不可。

就那么一吃， 哈哈， 中了焖子的 "毒"。 来了大连， 值回票价。

工作完毕， 已是十点了，《味道·大连美食》 的作者王希君特地请一间叫 "日丰园" 的老板娘等着我， 另外约了大连名厨董长作和一群好友， 浩浩荡荡地赶去。

吃些什么？ 桌子上摆满了令人垂涎的菜肴， 但和饺子一比， 完全失色。

饺子六种， 一款款上， 最先是红萝卜馅， 说明是除了盐什么调味品都不加的。 怎么那么甜？ 仔细品尝， 还是会发现有鲜蚝掺在其中， 不过分量少得令人不觉察而已。 第二款是芸豆水饺， 里面有少许的蛤肉。 第三款是黄瓜水饺， 加了蚬。 第四款是鲅鱼水饺， 第五款是茭瓜水饺， 加了扇贝。

压轴的是韭菜海胆水饺， 被誉为大连第一厨娘的孙杰道歉说："当今的海胆很瘦， 韭菜又硬， 都不是时节菜， 请各位包涵。"

哪有时不时节的， 这一道水饺的确是天下美味， 一吃就知。 大连， 又有一样令你感到不枉此行的美食。

大连市小平岛军港前

+86 8477 8315

...

湖南湖北之旅

为了宣传我的自选集， 到中国各地去做签售活动。"三联" 的同事认为二三线的城市后来再做， 我自己却颇为注重。 一听到湖南长沙有书店邀请， 我即刻联想到湖北武汉， 那里有一位我的读者叫张庆。她常出现于电视电台， 又主编一本当地畅销的杂志叫《大武汉》， 在当地声誉甚佳。

"武汉离开长沙多远？" 我在微博上问张庆。 当今的联络方式，微博比电话电邮传真更直接。

"乘高铁， 只要一个多小时。" 她回答。

就那么决定，来一个湖南湖北之旅。其实，去的只有省会长沙和武汉，其他地方就没时间到访了。

乘港龙航空，不到两小时就飞抵长沙。当今是春天，应该是百花齐放的时节，公路上有一株株的大树，只有黄花，不见叶子。问什么名字，回答："迎春花。"

第一次见这种花，但被污染的大气层笼罩，整个城市黑漆漆，夜沉沉。花再美，也没心情去欣赏了。

下榻的喜来登酒店为五星级，很像样，干干净净。房间冷，空调控制器上写着温度，怎么调也调不高，只有请服务员多来张被单。

放下行李，就往主办单位的书局跑。那里有茶座和餐厅。中午两餐就在此解决。菜一道道地上，来到长沙，不吃红烧肉怎行？

上桌一看，颜色和光泽是对路的。一吃之下，肥的部分烧得极好，味道也不会太甜。由香港带去的助手杨翱问道："瘦肉应该那么柴吗？"

柴，粤语为"又老又硬"的意思。当然不应该做成这样。我吃过好的，肥瘦皆宜，不是菜的问题，是厨子的问题。

菜一道道地上，我一早吩咐中午时间，随便来碗面好了，但是还是不见面，只见菜。款式虽多，留不下印象，直到吃了蔬菜和鸡蛋，才大声赞好。

原来蔬菜和鸡蛋由当地美食家古清生先生供应，他著有《人生就是一场觅食》和《食有鱼》二书。古清生先生在神农架地区，自己种植蔬菜和放养鸡，听到我来，特地老远地带给我吃，真是有心了。

古先生还有自己的有机茶园，沏了红茶，味甚美。绿茶我一向不喝，但他以冷泡方式做出，非常清香。这种沏茶法在各地流行，把干净的茶叶放进矿泉水中，浸它一晚，翌日饮之。喜喝热的加滚水好了，不然就喝室温的，至于会不会释放出大量的茶碱，就不去研究那么多了。茶的产量不多，各位有兴趣的话可上网搜索"古清生茶园"就能找到。

晚上做的读者见面会也很成功，讨论的多是较为有知识的话题。完毕后主办单位很客气地招呼我们去娱乐场所："北京叫首都，长沙叫脚都。"

原来，就是去"沐足"。长沙人最大的娱乐就是做脚底按摩。那么多人做，有一定的水平吧？就和大家前往，结果，也不过如此，普普通通。

按摩这回事，不可能每一位技师都是"标青"的，一定得找"达人"带路才行，那就是专家了。我自己不敢自称为吃的专家，但如果我在香港带人去吃，水平就会有保障。

翌日一早，到当地人认为最好的一家叫"夏记米粉"的小店去吃早餐。长沙人不太吃面，只吃粉。所谓的粉，像上海面或日本乌冬一样的白面条，和广东的沙河粉或越南的"Pho粉"又差甚远，没什么味道，吃时在上面加料。

店里也卖面，要了一碗，是种干瘪瘪的面条，全无弹性，又没味道。在长沙，没有吃面的传统，和兰州的拉面一比，就知道优劣。

在抗日战争时期，长沙实行焦土政策，几乎烧毁了整个城市，没什么古迹。 路上的砖头重新铺过， 用图案设计， 较其他城市有文化得多。 我们一路散步到江边， 这里的建筑仿古， 但一点古风也没有， 甚至带点俗气。

中午， 我被邀请到全市最有代表性的食肆， 叫"火宫殿"。 这是游客必访之地， 又被称为"长沙小食速成班"， 只要吃遍这家餐厅的食物， 就能了解长沙的饮食文化。

该店主人知我前来， 很客气地安排了一个很大的套间， 说是招待过毛主席， 就让我坐在他坐过的位上。 背后有他的铜像， 有被监视的感觉。 前面的大电视屏幕又不断地回放着毛泽东的纪录片。 来到长沙， 所闻所遇， 似乎都和毛泽东有关。

桌上出现了春风才绿、 桩蕨双笋两种冷碟， 接着的传统湘菜是： 五彩裙边头、 阳华海参、 毛家红烧肉、 东安炸鸡、 发丝牛百叶、 蛋黄卤虾仁、 豆棒蒸鳜鱼、 腊味合蒸、 小炒花猪肉、 熏灼冬苋菜。

再有经典小吃臭豆腐、 糖油粑粑、 龙脂猪血、 葱油粑粑、 芝蓉米豆腐、 脑髓卷六种。

到了我这个阶段， 可以不必说客套话了， 那么多菜， 并没留下什么深刻的印象， 总之最想吃， 又觉得长沙人会做得最好的是红烧肉。 结果都是肥肉不错， 瘦肉没有一家做得好， 也许家庭妇女才会烧得出色。

至于黑漆漆的臭豆腐， 外面都烧得脆， 而里面不嫩的居多， 而那些什么粑粑的民间小食， 纪录片拍起来美， 外地人吃不惯而皱眉之时， 都会被当地人骂为土包子。 一笑。

无论如何， 传统的东西， 都较外来的好。 被当地美食家们请到一家被认为最高级的餐厅去， 出来的第一道菜， 竟然是一个大碟， 储满冰， 上面是几片颜色鲜得暧昧的鲑鱼刺身， 更是让人啼笑皆非。

从湖南的长沙， 到湖北的武汉， 只要一小时二十六分钟。 国内高速铁路的发展， 使武汉成为中心点， 从前被认为交通不发达的工业城市， 当今已成为旅游都市了。

高铁的发展惊人， 速度不必说， 车厢是干净的， 座位是舒适的。 一等和二等的分别， 只是前者的腿部位置更为宽敞而已。 而从长沙到武汉的票价， 一等只是二百六十四块半， 二等则便宜了一百块钱， 怎么说， 票价比日本的新干线合理得多。

很安稳地运行， 不觉摇晃。 靠门空位上有数张塑料矮凳。 咦， 是干什么来的？ 一问之下， 才知道给买不到座位的客人坐的。 而塑料凳子是谁供应？ 谁带来？ 就问不出所以然来了。

湖北话很像四川话， 但在车厢中听到的方言， 就一句都不懂了。 妇女们在手提电话中大声交代家佣琐碎事， 几条大汉的对白听起来像争执。 这一小时二十六分钟的车， 没法子休息一下。

长沙的火车站建得美轮美奂， 武汉的也一样。 网友张庆和她的同伴小蛮来迎接， 是《大武汉》 杂志的主编， 同时来的还有"崇文书局" 的公关经理熊芳。

行李可推到停车场， 和各大机场一样。 国内的机场， 只有重要人物才可把车子停到出入口接送， 一般客人， 不管风雪有多大， 总得走一大段路， 才到停车场。

车子往城中走， 看到大肚子的烟囱， 像核发电厂数十米高大的那种，才想起这是武汉钢铁厂，读书时课本也提起，武汉是中国重工业基地。

酒店在江边，五星级的马可孛罗，这几年才建的。我记得上次来武汉，已是十多年前的事。当年由电台主持人，名字不容易忘记，姓谈，名笑。他是市中名人，开了车子，到处停泊，也没人去管。当时恰逢夏天，大家都把很大张的竹床搬在街上，一家大小就那么望着星星睡觉。问张庆还有没有这回事，她摇头，说星星也看不见了。

这次同行的还有庄田，她是我微博上的"护法"，特地从广州赶来。还有网上"蔡澜知己会"的"长老"韩韬，他是济南人，在长沙读博士，和太太一起来。一群人分两辆车，浩浩荡荡来到酒店，把行李放下，先去酒店的餐厅"医肚"。

如果你稍微注意，就知道武汉人最喜欢吃的，就是鸭脖子了。也不顾餐厅同不同意，张庆的同伴小蛮就把一大包鸭脖拿出来。

肚子饿，菜没上，就啃鸭脖子。我对那么大块的鸭颈没有那么大的兴趣，最多吃的是天香楼的酱鸭，脖子部分也切得很薄，仔细地咬出肉来。这里的，酱料有点辣，友人都担心我吃不吃得了。她们忘记我是南洋人，吃辣椒长大的。

味道不错，同样卤得很辣的是鸭肠。我还以为鸭脖子是湖北传统小吃，原来是近十几年才流行起来的。大家爱吃颈项，那么剩下来的肉怎么处置？原来真空包装，卖到外省去也。

食物也讲命运和时运，十多年前来时，流行吃的是烧烤鱼，用的是广东人叫为生鱼的品种。这种鱼身上有斑点，身长，头似蛇，故外国人称为"SNAKE HEAD FISH"，东南亚和越南一带卖得很便宜，至今，武汉的街头巷尾，已少见人家吃了。

这次行程排得颇密，也是我喜欢的。既然出外做宣传活动，就得多见传媒多与读者接触。我这几天的肩周炎复发，睡得不好，但还是有足够的精神和大家见面。

第一场安排在"晴川阁"举行，崔颢的名句"晴川历历汉阳树"描写的便是此处。当天下着毛毛雨，张庆担心这场户外活动会打折扣，我倒觉得颇有诗意。这地方我上次来过，有些名胜是去了多次都记不起，这次我一重游即刻认出，想想，也是缘分吧。

搭了一个营帐避雨，但是等到读者来到时雨已停了。现场气氛热烈，所发问的题目也多是有高水平的。我问怎认识我，是通过电视的旅游节目，还是看过我的书？答案是后者居多。

活动后就在"晴川饭店"吃，地点在晴川阁后花园，由一群志同道合的文人雅士合办，布置得并不富丽堂皇，但十分幽雅。主人很用心，当日专门雇了一艘渔船，在长江中捕捞河鲜，有什么吃什么。

菜单有传统的周黑鸭、凉拌野泥蒿、洪湖泡藕带、长江野生虾、莉莎霞生印、沔阳野山药煮鳜鱼丸、乡村野蛋饺、花肉焖干萝卜、腊肉菜薹、黄陂炸臭干子、野蕨芹炒肉丝、野藕炖腊排、鸭片豹皮豆腐、腊肉煮豆丝，还有记不得的多种小吃与甜品。

未去湖北之前，我对闻名已久的洪山菜薹大感兴趣。菜薹就是广东人最熟悉的菜远，也叫菜芯。但洪山的，梗是红颜色，红色菜梗的菜芯，在四川各地也有，香港罕见，只在九龙城一家闻名的药店旁边的菜档子有售。 这种菜芯很香， 吃起来味道又苦又甜， 口感十分之爽脆， 可惜当地人说已经"下桥"了， 这是过时的意思。 学到这两个字也不错， 下回遇到湖北人， 就能用上。

张庆替我找到针灸医生， 治肩周炎。

见到一中年人， 带着一个年轻的。 原来后者才是医师， 叫范庆治， 只有二十七岁， 前者才是他的助手。

范医师是"中华第一针"尉孟龙的得意弟子， 扎了几针， 睡个好觉。

翌日精神饱满， 吃早餐去。

武汉成为旅游都市之后， 有两个旅客必到的名胜， 那就是武汉大学的樱花大道和专吃早餐的户部巷。 户部巷长不过一百五十米， 只有三米宽， 在明朝嘉靖年间的《湖广图经志》 中已有记载。 所谓"户部"， 是掌理财政收入和支出的官署。

最先到的店铺叫"四季美汤包"。 张庆面子广， 跟老板说起有宴请， 老板当天就不做生意， 把店子留下来让我们吃个舒服。

一大早， 将巷子里所有的小吃都叫齐。 除了汤包， 有"徐嫂鲜鱼糊汤粉""馄饨大锅""老谦记枯豆丝""蔡林记热干面""豆腐脑"， 以及种种记不起名来的小食。

汤包蒸起， 一打开来看， 笼底用针松叶子铺着， 皮薄， 里面充满汤， 和靖江的汤包可以较量。 武汉的汤包以前用重油， 看到蘸醋和姜丝的碟子中， 有一层白白的猪油， 当今已无此现象。

糊汤粉是把小鲫鱼用大锅熬煮数小时， 连骨头都化掉， 再加上生米粉起糊， 撒上黑胡椒粉去腥。 软绵绵的细米粉用滚水一灼， 入碗， 浇上熬好的鱼汤、 葱花和辣萝卜。 上桌后， 武汉人把油条揪成一小截一小截， 浸泡在糊汤里， 冬天吃也会冒汗。

馄饨本以武昌鱼为原料， 纯鱼， 不用猪肉， 包得比普通馄饨大两倍， 无刺无腥， 比猪肉细嫩。 当今武昌鱼贵， 改用鳊鱼制作。

枯豆丝是用大米和绿豆馅浆做的湖北主食， 可做汤豆丝、 干豆丝和炒豆丝等， 炒时分为软炒和枯炒。 枯炒， 主要是多油煎烙， 制后放凉， 等它"枯脆"。 另起小锅， 将牛肉、 猪肉和菇菌类用麻油炒热， 浇在枯丝上面。

热干面， 就是把面煮熟后加芝麻酱的吃法。 湖南和湖北的干面下很少的碱水， 面本身不弹牙。 一方人吃一方菜， 当地人极为赞赏， 就如广东人赞赏云吞面一样。

豆腐脑则是有甜有咸的， 通常只叫一种， 但武汉人是又吃甜的， 又吃咸的， 两种一块叫来吃才过瘾。

吃完早餐， 又吃中餐， 我们在武汉好像不停地在吃。 和张庆的朋友们跑到东湖。 原来杭州有西湖， 武汉有东湖。 东湖的面积比西湖大个十倍。 我们就在湖边烧火饮茶， 颇有古风。

湖的周围兴起了好几间农家菜式的土餐厅， 用湖中捕捞到的鱼做出来的菜并不出色。 如果有哪位湖北人脑筋一动， 到顺德东莞等地请几位师傅， 把鲤鱼、 鲗鱼、 鲩鱼和鲶鱼的蒸、 煎、 焗、 煮变化了又变化， 一定会让客人吃到前所未有的惊喜。 反正菜料是一样的， 何乐不为？

饭后到崇文书城参加读者见面会， 地方大得不得了， 武汉看书的人比其他城市都多，问说他们的电视节目，有没有湖南卫视做得那么好，大家都摇头，说喜欢看书多过看电视。

书店经理熊芳说，这次签售会参加的人数，比历来的纯文学作家签售会的人数都多。我庆幸自己是一个不严肃的"纯文学"人，吊儿郎当，快快乐乐。

为什么武汉人不爱看电视？到了武汉大学就知道。这个大学之大，简直是一座城市。除了武大还有多家，武汉户籍人口有八百万，中间有一百三十万是大学生。武大校园里种满樱花，成为可以收费的景点，中日关系一有摩擦，就有"愤青"说要砍樱花树，好在被同学们喝止。

我们到达时，和洪山菜薹一样，樱花已经"下桥"了。

在大学校园中做的那场演讲，是我很满意的。学生发问踊跃，我的答案得到他们的赞同，大家都满意。

离开之前，张庆带我到"民生甜食店"吃早餐。这家店当今已成为连锁，但总店是相对最正宗、最靠近原味的。

印象最深刻的菜叫豆皮，用大米和绿豆磨成浆，在平底大锅中烫成一张皮，铺上一层糯米饭，撒卤水肥肉丁，将皮一翻，下猪油，煎熟后用壳切块（当今改用薄碟和锅铲）。早年不用鸡蛋，生活好转后再加的。我怕这种手艺失传，把过程拍成视频，上传到微博，留下一个记录。

同样拍下来的有糊米酒，锅中煮热了酒糟，在锅边用糯米团拉成长条贴上，烙熟，再用碟边一小段一小段切开，推入热酒中煮熟，味道虽甜，但十分之特别。即使不嗜甜的人都会爱吃。另有一种叫蛋酒的，有异曲同工之妙。

其他典型的地道早餐，有重卤烧梅。烧梅，就是我们常说的烧卖；糅合了糯米、肉丁和大量的猪油。另有灌汤蒸饺、生煎包子、红豆稀饭和鸡冠饺。鸡冠饺其实就是武汉人的炸油条，炸成半圆月形，又说似鸡冠，薄薄的，个子蛮大，像饼多过像鸡冠，内里肉末极少，这才适合武汉人的口味。

北京叫首都，上海叫"魔都"，长沙叫"脚都"，武汉本来可以叫"大学之都"。当今大家生活水平提高，都懒于吃早餐，在城市中消失，武汉还能保留这文化传统，而且重视之，当成过年那么重要，叫为"过早"。所以，武汉更应该叫为"早餐之都"吧。

食在重庆，火辣辣

这次在重庆四天，认识了当地电视台节目制作人唐沙波，是位老饕，带我们到各地去吃，真多谢他。这群人是专家，每天要介绍多家餐厅，由他们选出最好的介绍给观众，所制作的节目是"食在中国"，我这篇东西就叫"食在重庆"吧。

到了重庆不吃火锅怎么行？这简直是重庆人生活的一部分，像韩国人吃泡菜，没有了就活不下去。火锅，我们不是天天吃，分不出汤底的好坏，下的食物都大同小异，但重庆人不那么认为，总觉得自己常光顾的小店最好。我们去了集团式经营的"小天鹅"，位于江边的洪崖洞，当地人称为"吊脚楼"的建筑，一共十三层，从顶楼走下去，相当独特。

主人何永智女士亲自来迎，她在全国已有三百多家加盟店。尽管当地人说别的更好，但我总相信烂船也有三斤钉。成功，是有一定的道理。

坐下后，众人纷纷到料架上添自己喜欢的料。像腐乳、芫荽、韭菜泥、葱，等等。我也照办，回桌后，何女士说："那是给游客添的，我们重庆人吃火锅，点的只是麻油和蒜蓉。"

把拿来的那碗酱倒掉，依照她的方法去吃，果然和锅中的麻辣汤配搭得恰好。其实麻辣火锅谈不上什么厨艺，把食材放进去烫熟罢了，但学会了何女士教的食法，今后，吃麻辣火锅时依样画葫芦，也能扮一个火锅专家呀。这一课，上得很有意义。

一面吃，一面问下一餐有什么地方去，已成为我的习惯。早餐，大家吃的是"小面"。一听到面，对路了。下榻的酒店对面就有一家，吃了不觉有什么特别。去到友人介绍的"花市"，门口挂着"重庆小面五十强"的横额，一大早，已挤满客人。

所谓小面，有干的和汤的，我叫了前者，基本上是用该店特制的酱料，放在碗底。另一边一大锅滚水，下面条和空心菜烫熟后拌面时吃，味道不错。另外卖的是豌豆和肉碎酱的面，没有任何料都不加的小面那么好吃。当然，两种面都是辣的。

朝天门是一个服装批发中心，人特别多，小吃也多。看到一张桌子，上面摆了卤水蛋、咸蛋、榨菜、肉碎等等，至少有十六盘，客人买了粥、粉条或馒头，就坐下来，菜任吃，不知道怎么算钱的。行人天桥上有很多档口，卖的是"滑肉"，名字有个肉字，其实肉少得可怜，用黑漆漆的薯粉包成条状，样子倒有点像海参，煮了大豆芽，就那么上桌。桌上有一大罐辣椒酱，有了辣，就算不好吃重庆人也觉得好吃起来。

另一摊卖饼，用一个现代化的锅子，下面热，上面有个盖，通了电也热，就那么一压，加辣椒酱而成。制作简单，意大利披萨就是那么学回去的吧？最初看不上眼，咬了一口，又脆又香，可不能貌相。这家人叫"土家吞脆饼"，还卖广告，叫人实地考察，洽谈加盟。每市每县，特准经营两家。在香港的天水围大排档区要是不被政府抹杀的话，倒是可以干的一门活。

中午，在一家无名的住宅院子里吃了一顿住家饭，最为精彩。像被人请到家里去，那碟腰花炒得出色，餐厅里做不出来。因为每天客满，又不能打电话订位，只有一早去，主人给你一张扑克牌，一点就是第一桌，派到五六桌停止。每桌吃的都是一样的，当然又是辣的。这种好地方，介绍了也没用，而且太多人去，水平反而下降，我们能尝到，是口福。

吃了那么多顿辣菜，胃口想清净一点，问"食在中国"的制片主任苏醒，有什么不辣的菜吗？苏醒人长得漂亮，名字也取得好。

"我走进成都的馆子，可以点十五道不辣的菜。"我说。"重庆的当然也行。"她拍胸口。翌日下午拍摄节目时，她又向我说："我已订了一桌，有辣有不辣。""不是说好全是不辣的吗？"她只好点头。

晚上，我们去了应该是重庆最高级的餐厅"渝风堂"。在车上，我向美亚厨具的老总黄先生说："重庆人除了辣，就是辣。这一餐，如果不出辣菜，我就把头拧下来放在桌子上。"

地方装修得富丽堂皇，主人陈波亲自来迎。上的第一道凉菜，就是辣白菜，我笑了出来。"不辣，不辣。"重庆人说，"是香。"我摇摇头。接着的菜，的确有些不辣的，但都不精彩。陈波看了有点儿担心，结果我说："别勉强了，你们餐厅有什么感到自豪的，就拿出来吧。"

这下子可好，陈波笑了，辣菜一道道上，农家全鱼、水煮牛肉、辣鱼、辣羊肉、辣粉羔肉，等等，吃得我十分满意。

临上飞机，还到古董街去吃豆腐脑，他们的食法很怪，要和白饭一块吃。两种味道那么清淡的食物怎么配得好？请别担心，有麻辣酱嘛。

到处都可以看到卖羊肉的招牌，不吃怎行？到一家叫"山城羊肉馆"的老店，想叫一碗羊杂汤，没有！原来又是像火锅一样，把一碟碟的牛羊肉、羊肚、羊肠放进去煮，最好吃的，是羊脑。羊痴不可错过。

赣州之旅

中国之大，三辈子也走不完。要是没人邀请我去做宣传，还真的不知道有赣州这个地方，更想也没想过有一天会去。

赣字怎么念？从章，读成章吗？右边有个贡字，发音成贡吗？原来国语是"干"，而粤语念成"鉴"。

赣州是江西的第二大城市，仅次于省会南昌。从香港怎么去呢？没有航班，只能去深圳，由那里到赣州。直飞几十分钟罢了，每天一班。友人说，坐车子的话要六七小时，又没有高铁，选择不多。

当然是从香港包了辆车子到深圳机场，下午两点半起飞。我们十二点半到达，才发现飞机迟两个小时，到四点半才能起飞，要等四个小时。

既来之则安之，反正国内航班经常误点，有人笑话当今穷人才坐飞机。

机场有好几家餐厅，看了一下，只有一间卖潮州菜的还有点吃头。友人说进了闸餐厅的数目更多，就先过安检再说吧。

一条长廊，走起来蛮远的，但就是不设电动的，要你慢慢走。经过两排名牌商店，铺租不会便宜到哪里去，这些东西香港到处有。逼我也不看不买。

再过去就是国内的商品店，也掺杂了一些香港的连锁甜品店，像"许留山"和"满记"。走到疲倦，终于在一家卖水饺和面食的餐厅停下，吃了一些又贵又难于下咽的饲料，两口就放下筷子。

忽然又被告知，航班还得延迟。是什么原因？航空管制嘛，等于是空中阻塞，回答得像是家常便饭。那么到底几点飞？不知道？只好等，但是明天就是宣传大会，不能不出发的呀。到底飞不飞，今天？

也不知道。我这可急了起来，马上准备了一辆车，如果飞不成的话，通宵也得赶去，答应人家的事，不能不做。真后悔坐飞机，果然是穷人才坐的。

等、等、等，最后有消息，说已经从北京飞过来。好呀，飞过来，等不等于飞得过去？又是不知道。

无聊，到每一家店慢慢看。什么仿古名瓷店，产品如果真的仿古，也可买几件，最要命的是基础没打好，就去加新的抽象图案，像 FUSION 料理，变为 CONFUSION。

最后，在七点半起飞，足足等了七个小时。还算好了，有次飞北京，等了十四个小时，而且还是被困在机上的。

入夜的赣州市，灯光幽暗，看不清楚。我们入住了离机场四十五分钟车程的"五龙客家文化园"，晚饭就在这个有客家特色的庭院中吃。

菜是不得了的多，至少二十多道，又有客家文化表演，大锣大鼓，震耳欲聋。我最怕吃这种菜，一说不好便会讨人厌，脸色即变；赞好的话又是违背良心，怎么反应才好？

记者的问题还是要回答的，我诚实地说自小受客家文化熏陶，客家菜是我喜欢的，这是事实。我还去过他们的土楼，传到南洋来的客家菜，与内地的有点不同。

怎么不同，正宗吗？去到南洋，已变味了吧？举个例子来听听。好呀，像面前这碗酿豆腐，南洋的汤底是用大量的黄豆和排骨长时间熬出来，一想就知又鲜又甜。面前这碟，怎么一味是咸呢？

而且，酿的鱼浆，是不是应该加了咸鱼，才更香呢？我不知道，我只是照实说了。

"三杯鸡"的三杯，是否用麻油才更香呢？普通油就没那个味道。台湾人还加了罗勒九盏塔的香草，更惹味呀！

其他菜还是有水平的，不得不补充一下。

翌日，去一个巨大的果园，宣传赣州最著名的脐橙。所谓脐橙，是底部有个"迷你橙"，像个肚脐。赣南脐橙年产量百万吨，世界种植面积最大。自南北朝开始就有文字记载，刘敬业在《异苑》

中说："南康有奚石山，有柑、橘、橙、柚。"在北宋年间果树已蔚然成林，在清朝是进贡的水果，深得雍正喜爱。

邀请我去的"汇橙"公司占了几个山头，种满了树。我们去的时候，有客家姑娘穿了传统的蓝花布衣相迎，个个亲切可爱。脐橙随手可摘，有些带一点点的酸，有些很甜，但是此行最大的收获，是让我发现了当地还有一种叫血橙的红肉果子。

吃了一个，甜似蜜，真是我吃过的最甜橙子之一，比脐橙好吃百倍。盛产是二月，明年我将重点出击，在网上卖这种小红橙，包君满意。

从赣州来到山头，路途虽说只有一个多小时，但是那条高速公路不知怎么建的，摇晃起来，比去不丹的山路还要厉害，让我心中蒙上阴影。想起回程到赣州市又要遭此老罪，还要住同一个旅馆，吃那顿又咸又辣的菜，整个人枯谢。和友人商量，用他的车子，五六个小时，一路直奔广州，入住四季酒店，睡了一个好觉。

翌日，又是好汉一条。

杭州之旅

从香港直飞杭州的飞机， 一天发展到五班了， 杭州机场也由从前去的那座大厦， 左右加了两大栋， 规模愈来愈大， 整个杭州市和别的城市没什么分别， 一味是大， 高楼林立， 但交通完全地阻塞。

这次去是应主持人华少和老友沈宏非的邀请， 做的不是饮食， 而是一个谈书节目， 叫"华少爱读书"。 中国那么大， 谈书的节目寥寥无几， 非支持不可。

利用这个机会， 我去做签售活动， 三联这个大出版社的推广并不主动， 只有自己安排， 为我的自选集宣传宣传。 说是销书， 但一次活动能卖多少本呢？ 见见读者， 倒是主要目的。

　　活动在市内商场中的新华书店举行， 店很大， 来了几百位读者， 都斯斯文文。 问答活动做过后就为大家签名， 其他地方人一多， 混乱了， 我就没时间为读者写上他们的名字。 杭州人也不少， 但有次序， 我不但满足所有人的要求， 还一一和大家合照， 活动圆满结束。

　　接着便是当地报纸和杂志的访问了， 对我来说已是轻而易举的事， 希望的只是记者对我的认识多一点， 少问些已经回答了多次的问题。

　　但要问的始终得问， 跳出来了："你对杭州的餐厅有什么批评？"

　　情意结是最难打开的， 你一有大家不同意的答案， 对方的脸色总会一下子沉了下来， 差点和他打起架， 但到了我这个阶段， 已经付不出对自己不忠实的代价。

　　"不好吃。" 我是板着脸发言。

　　"这……这话怎么说？" 眼看对方忍住了脾气。

　　"我每回来杭州试菜， 都没吃过满意的， 一次， 又一次， 餐厅里的杭州菜让我觉得失望。"

　　"你从来没吃过好的杭州菜吗？"

　　"有。"

　　"在哪里？ 叫什么餐厅？" 对方看到一线曙光。

　　"叫天香楼， 在香港。"

　　对方不以为然："吃了什么菜？"

　　我如数家珍："酱鸭、 鸭舌头、 马兰头……"

还没说完，已被打断："我们这里每一家餐厅都有。"

"是的，但是马兰头切得不幼，豆腐干也不细。不这么做，马兰头的香味是跑不出来的。吃过的酱鸭和鸭舌头，也干干瘪瘪。卤得不是太咸就是太甜……"

对方知道我懂得一点点，也认为我说得没错，问道："还有呢？还有呢？"

"还有蟹粉炒虾仁、烟熏田鸡腿、东坡肉、爆鳝背和咸肉塔锅菜……"

"这些我们都有，当今清明前后，不是塔锅菜的季节，你们那里也应该没有。"

"有，前几天去吃还有，是去年冬天留下来的，用报纸包住，放在冰箱里头，打开来，只采塔锅菜的心来吃，其他扔掉。"

对方答不上嘴来："还……还有，还有呢？"

"对了，还有馄饨。"

"馄饨？"

"是用一个大砂煲，放一只鸭子炖好几小时，铺着小孩手臂那么粗的金华火腿，加草鱼打的鱼丸、西湖蔬菜、小白菜等，上桌时，再把几粒馄饨推进汤中。"

对方不再说了，访问结束。

临走，我说："杭州还有很多家庭主妇拿手，应该做得比香港餐厅更精彩。"

翌日，上读书节目，华少和沈宏非在内地很红，本来有位女士的，但也许录像那天没空，由一位新人代上。

到达杭州电视台，整个大厂搭了布景，不知是什么大型节目，后来才知道是为我们而搭的。读书节目还能花那么大本钱，着实难得。

剧情是这样的，宏非和华少二人漂流在一个孤岛上，寂寞难耐，这时，一位打扮成海盗的美女，划了小艇，把贵宾，那就是我了，送到孤岛，拿了一批书，给他们阅读。

我们三人一聊起来，就没完没了，的确是一个比综艺更精彩的清谈节目。电视始终不能不让人转台，即使主题为读书，也得轻松。

由书说到吃，又讲起人生，宏非兄时不时捉弄一下扮海盗的小姑娘，令人大乐。华少知识广博，任何话题都能搭上，我们三人擦出了火花。

节目做得成不成功，只要看摄影师和灯光师的反应。老生常谈，他们已听厌，昏昏欲睡。只要用眼角瞄一下，看他们听了掩嘴而笑，而且后面的工作人员走出来听的愈聚愈多，都捧着肚子。节目"出街"时，绝对有一定的娱乐成分：电视不是娱乐，是什么呢?

已经身疲力倦，不想去什么餐厅试菜了，和同事散步到酒店附近的小巷中找些小吃，往往有意外的惊喜。结果早餐和晚餐都那么解决，谢绝一切应酬，舒服得多。

"来了杭州，不去西湖吗?"有人问。

我摇头。不去原因我再三讲过：西湖已被各地游客霸占，湖边人山人海，天气一热，体臭难闻。陪我游杭州的韩韬兄还是忍不住，私下走了一趟，后来他发表的微博评论最为中肯：

西湖是三两个人的西湖，不应是所有人的。我与妻走在堤畔，脑中是这样的想法。想着伸出拇指，就那么抹一抹，那些多余的人，如烟成缕地去了，如是最好。西湖是美的，浓妆淡妆皆宜，但西子，只该是你的，或者我的，而不是我们的。她是风流的名妓，不是滥交的蠢娘。

...

十号胡同

广州的"十号胡同"终于在 2013 年 8 月 29 日正式开幕。

这个我有份参与的美食坊，有个故事，得从头说起。2010 年，我到马来西亚拍电视节目，去了一个叫幸福岛的度假村，认识了创立者杨肃斌。他带我到即将营业的"十号胡同"，这是把吉隆坡著名小吃集中在一块的地方。

"怎么没有'金莲记'呢？"我问。

"金莲记"是我每到吉隆坡最喜欢吃的福建炒面摊，拼命向各位同好介绍，得到老板的信任。杨肃斌的手下去游说，没成功，我一叫，他即刻来了，当今成为"十号胡同"的主角之一。

杨肃斌是马来西亚的巨富，被封爵士级的"TAN SRI"，集团拥有单轨火车、净水工程、房地产等等，是当地的十大企业之一。他和中国香港很有缘分，年轻时娶了《欢乐今宵》的"阿妙"陈仪馨，太太仙游后发誓不娶，做人很有义气。

那么一个有钱人，为什么那么热衷去搞这么一档小生意？他的解释非常简单，这些从小吃到大的街边摊，要是不好好保存的话，就会一档档地消失。

我也主张和保护濒临绝种动物一样，濒临绝种的美食，也应该保护的，所以和杨肃斌一拍即合，成为好友。

吉隆坡的"十号胡同"共有三十一个摊位：客家传统酿豆腐、老婆多小厨、BiBiQo、烧包黄、金马津薄饼、南洋十号咖啡、Chud BROTHERS、东方甜品、中华海南鸡饭、品芋肉骨茶、DUCK KING、QQ麻糍、义青麻油、何荣记、SARIFAN CAFE、汉记靓粥、SOCIETY BISTRO、汕头潮州麋、ICEROOM、燕美律正宗猪肉丸粉、大利来记、怡宝来、THAICORNER MINI WOK、水吧、鱼类面之家、YAKITORI、鸿泰、老油记、礼饮茶、津记、金莲记。

请了日本名家设计，像跌入一个迷魂阵，也如走进胡同；开在最旺的BUKIT BINGTANG路十号，所以把名字改为"十号胡同"。

在不断改良进步之下，生意滔滔，最旺时每天有一万五千人来吃，成为旅游景点之一。

香港有中环，广州没有，就打造一个，结果就有了"珠江新城"。在众多的大厦中，好友胡志雄买了两层，问我可做些什么。想到杨肃斌说"十号胡同"已成熟，可以往外发展，就和他说起。杨肃斌问我什么时候，我回答愈快愈好，接着他一声不出，即刻带了三十位小贩杀到广州，看了地点，大家都认为大有可为，就此决定。

中间当然经过种种的困难，也不必去提它，广州"十号胡同"成立起来。

为了隆重其事，杨肃斌请了马来西亚旅游促进局主席黄燕燕，拍了多部好莱坞大片的杨紫琼和世界著名品牌 JIMMY CHOO 的设计师周仰杰前来剪彩。

杨紫琼本人一点架子也没有，有谁请她合照都来者不拒，在饭局中我见到她坐下又站起，是有点心疼。她记性真好，说刚刚来港时多得我照顾。那是多年前的事，我也没有做什么帮得了她事业的大事，只是客气地说随时打电话给我，得她那么说起，颇觉脸红。

真的想不到周仰杰是马来西亚人，他的中文名字知道的人不多，但一提起 JIMMY CHOO 可是无人不识，世界各大都市都有他的鞋店，皇亲国戚与好莱坞巨星都争着要穿他的作品，美国电影电视里，在对白之中也常有他的名字出现。

遇到他本人时，最有兴趣问的是："你怎么成为一个鞋子设计师？"

"我父亲做鞋子，我踏上这条路理所当然。家父移民到英国，把我送到最好的学校学设计，是后话。"他回答。

虽然这么轻描淡写，过程中必定有他过人的智慧和不断的努力，他加上一句："遇到知音的提拔，也是决定性的。"

"现在还亲手做鞋子吗？"

他即刻脱下脚上的鞋，说："我们中国人过年有买新鞋的习惯，我认为有大喜庆也应该穿新鞋，广州有我教学的学院，昨晚在那里找到工具，就做了这一双。我们做鞋，很快的。"

"连黛安娜王妃也要找你做鞋子，天下美女的脚都给你摸了。我们有一位导演叫李翰祥，他是一个恋足狂，要是他知道当鞋匠也可以当得那么厉害，早就转行。"我打趣，他也大笑。

开幕时杨肃斌的演讲很有意思，他说："我们的祖先来到南洋，主要是赚钱吃饭，那时候南洋比他们的家乡富裕。当今中国强了起来，我们的小贩回过头来在这里赚钱吃饭，是件好事。我们没有忘记刻苦耐劳的精神，我们也比较保守和固执，连味道也是，食物是从中国带去的，现在我们又带回来，相信大家都吃得惯。当年我们的祖先都穷，所以要吃'平、靓、正'的东西，就是便宜、干净又好吃，我也带着这种精神来到广东，希望大家喜欢。"

杨先生还强调小贩做的是 COMFORT FOOD，对这个名词，我一直找不到适当的中文译名，想吃的话来"十号胡同"好了。

这里卖的都是 COMFORT FOOD，吃过就知道。

中国广州珠江新城华夏路 28 号

富力盈信大厦 1 楼

...

厦门之旅

还没出发去厦门之前， 我已在微博中询问各位网友， 说早饭是对我很重要的一餐， 有什么好介绍的？

回应纷纷杀到， 有沙茶面、 面线糊等等。 连土笋冻和海蛎煎及薄饼也介绍过来， 但后面这三种不是早餐吃的呀， 网友们太过热心！

早上的港龙， 飞一个小时就从香港抵达厦门。 这回有刘绚强和卢健生二位陪同。 他们都常来， 结交的朋友也多， 安排是错不了的。

午饭时间， 先去民族路七十六号的 "乌糖沙茶面"， 墙上写着： 瘦肉、 肝沿 (包着猪肝的那层薄肉， 台湾人叫为肝连)、 大肠、 猪胭、小肠、猪肝、猪腰、猪心、猪肚、鱿鱼、虾仁、大肠头、肉筋、肉羹、猪肺、海蛎、海蜇、丸子、鸡蛋。各种配合，像香港的车仔面，任君选择，加上面条即成。

好吃吗？厦门海产丰富新鲜，拿来灼汤，当然甜美。但加上的沙茶酱，从南洋传了过去，这是近几十年才有的配方，而非闽南传统。所谓的沙茶酱，有点辣，有点香，比南洋的差远了。而且，厦门人显然对面条的要求不高，油面干干瘪瘪，无咬劲，弹力也不足。这种小吃，也只能充饥。

友人见我不满意，说有家吃炖汤的要不要试试？当然去。接着到了一家叫"宝贵"的店，老板娘亲切相迎，言语幽默，说店名叫宝贵，丈夫叫她宝贝。

里面有什么？种类多得不得了，先是看到箱子里炖的各种汤类，有点像从前香港街头的蒸品，一盅盅，里面的黄脚鱲已引起我的兴趣。这种在香港已罕见的鱼，那边野生的还能钓到，炖了汤，鲜甜至极。

另外还有弹涂鱼、黑油鳗、大块的马友、鲍鱼、海参，乌龟也炖了出来。

蒸笼里的饭，粒粒晶莹，白饭的咸鱼吊片，糙米红饭的腊味，引人垂涎。菜不够可叫各类的杂煮、干笋猪内脏、猪尾花生、大肠咸菜、卤肉卤蛋……

再往前，就有海蛎煎，那是潮州人叫蚝烙、香港人称蚝煎的料理。蚝新鲜，粒粒拇指般大，肥肥胖胖。还有炸芋头丸子、五香肉和包薄饼的选择。在这里，反而吃到传统味道了。

民族路八十八号

+86-592-208-8994

　　厦门当今有许多大厦式的新酒店，但刘先生还是喜欢海边的马可孛罗，只有八层楼，房间舒舒服服，很干净。

　　放下行李又去吃。"宴遇"开在市中心，走年轻人路线，装修新颖，很受当地人欢迎，客人涌涌，吃完一轮又一轮。我们是冲着大厨吴嵘去的，他是受了严格闽菜基本功训练，又能创新的年轻一辈。他和另外一位名厨张淙明是师兄弟，两人不因同行而对敌，反而非常友好。

　　"宴遇"这个名字和"艳遇"谐音，一坐下来，面前摆着一包保险套，打开一看，是湿纸巾。这是题外话，吃些什么呢？先上风味九龙拼，其有土笋冻、章鱼、芒果酱油、五香卷、炸菜圆子、海蜇头、葱糖卷、沙虫和卤鲂鱼。

　　值得一提的是章鱼，白灼。如果你对八爪鱼的印象是硬的，那么就错了。闽南的是又软又脆，和一般的不同种，绝对不容错过。芒果当前菜也是特别的，蘸酱油吃的作风不知是从南洋传过来的，还是从这里传过去的，有时还加白糖加辣椒丝呢。

　　接着有佛跳墙，是一人一盅的迷你版本。厦门唥汁煎大斑节虾、银丝烩金钮（鱿鱼面）、煎蟹、鸡汤余西施舌、葱香汁蒸黄鱼、芋泥响螺片、传统蟹肉粥、韭菜盒、猪油炒味菜、迷你榴莲粽、花生汤和水果。

煎蟹是闽南名菜，做法简单，把一只膏蟹斩为两半，肉朝下，就那么在锅中干煎起来。一大锅二十四块上桌，很有气势，只要蟹肥满，不会失手。

西施舌是一种颇大的贝壳类海鲜，是香港所谓的贵妃蚌的高级版本，吃时连带两条翅，是生殖器，此蚌雌雄同体。昔时在香港的"大佛口"，把所有蚌翅都集中了，一只蚌一条，共有数百条，当为鱼翅来吃，记忆犹新。

韭菜盒也是闽南名菜，去了厦门非试不可。用韭菜、豆干、猪肉碎和春笋当馅，酥皮焗出来。芋泥甜的吃多了，这里和响螺片一起做成咸的，也很特别。

嘉禾路二十一号

+86-592-806-6917

吃饱，睡得很熟。翌日行程排得满满的，非吃一个大早餐不可。有什么好过到菜市场旁边的小食档去呢？其实选择也不是很多，厦门人的早餐说来说去还是那几种，对早餐并不重视，不像武汉人，他们称早餐为"过早"，像过年吃的一样丰富。

约了些当地老饕带路，有名厨张淙明和吴嵘，吃海鲜吃出名堂的海鲜大叔，饮食名记者、以喜欢的电影《牯岭街少年》为名的少年，还有"古龙天成"酱油厂东主颜靖。

闽南人最爱吃的是"香菇猪脚腿"罐头，用它来炒面线，已变为他们的名菜。而生产此罐头的"古龙食物"公司，需要大量酱油，自己设有酱油厂。后来生意做大了管不了，就让给颜靖去打理。

我们几个人浩浩荡荡，往厦门最古老的菜市场"八市"出发。

"八市"菜市场在厦门无人不知，最为古老，由几条街组成，食材齐全，目不暇接。所有海鲜和广东沿海一带相似，并没有让我感到新奇的。

有种叫"鲻鱼"的，很像鲥鱼，不知是否同一家族。闽南人也有"鲻鱼炖菜脯，好吃不分某"。某，妻子的意思，自己吃，不分给老婆吃，也应该相当美味吧。

小巷中有个石门，另有个石牌，只见一个石字，其他已模糊了。旁边有档卖海蛎的，老太太在这里剥蚝壳已剥了六十多年，她家的生蚝最新鲜，厦门人绝不叫为蚝，只称海蛎。友人林辉煌是厦门人，常说小时候没饭吃，一直在海边挖生蚝充饥，羡慕死付高价在 Oyster Bar 开餐的时尚年轻人。

菜市中心广场，有个叫"赖厝古井"的名胜，一群老年人坐着矮凳泡茶喝。老厦门人也真悠闲，一早去买几个甜的馅饼或绿豆糕，沏铁观音或大红袍，看报纸，又是一天。

这里，地道的早餐店有"赖厝扁食嫂"。所谓扁食，是小馄饨。还有拌面，另外有"友生风味小吃""陈星仔饮食店"的面线糊和咸粥，"阿杰五香"的五香卷等等，算是厦门最地道的早餐了。

有力量去冲刺了。上午到"纸的世界"书店去，这是一家把书堆到天花板，要用梯子爬上去找的店铺，很有品位，店名也取得好。

我们早到，只有一排客人买了书正在等着付账，我请同事打开一张桌子，说是为你们签了名再去给钱吧，众人大乐。一下子，大堂已挤满了读者，有三四百人之多，又和大家开始问答游戏，最后一一合照，众人大乐。

我的"护法"——"木鱼问茶"和"青桐庄主"也由泉州和福州赶来，好不热闹。厦门读者消费力强，这次的签售会一共卖了八千本书。

接着上电台节目，主持人洪岩问我会不会说闽南语，我用纯正的闽南语说了一个笑话："有个厦门男子去了四周是陆地的安溪做茶生意，娶了一个乡下老婆，带到环海的厦门，见一大船，后面一小船，太太大叫:'夭寿，船母生船仔!'"

午饭去了一家叫"烧酒配"的餐厅。烧酒配，下酒小菜的意思。留下印象的，是一道"葱糖卷"。这是福建薄饼的另一个版本，馅和普通薄饼相同，但下了大量的糖葱和酸萝卜泡菜，吃起来爽爽脆脆，酸酸甜甜，儿童最喜爱。我的"花花世界"网店拍档刘先生是个大小孩，吃了四卷还嫌不够。

下午在一个叫"中华儿女博物馆"的地方，与各个媒体的记者做见面会。到了会场，见几张椅子，让我们几个主持人坐，而记者席是离得远远的。我一下子把椅子搬到人群当中，让大家像老朋友一样聊天，这一来即刻打破了隔膜。

晚上，到厦门最高级的食府之一"融绘"的东渡店。由名厨张淙明创办。东渡店位于东渡牛头山，是厦门的地标。我们从停车处经过一条山径，再乘坐依山而建的三十八米高的电梯才能抵达，包厢中看到三百六十度的海景，厦门大桥就在眼前。

包厢分两部分，十几人坐的圆桌，和一个开放式的厨房。不坐圆桌，就在厨房柜台边进食也行，那样比较直接和亲切。坐圆桌的话，能看到一个电视大荧光幕，现场拍摄和播放着张淙明师傅的手艺。

第一道菜就是我最喜欢的包薄饼了。凡是闽南人，到了过年过节必做此菜，吃法简直是一个仪式，过程繁复，要花上两三天工夫准备。从前家家人都包，当今在香港已罕见。我一听说有什么福建朋友家里包了，即刻挤进去吃，而且百食不厌。

厦门一带，都叫为薄饼，传到南洋也是那么叫。泉州、台湾地区则称之为润饼。

餐桌上已摆好所有配料和主馅，最重要的，也是薄饼的灵魂，是海苔，叫为"琥苔"或"浒苔"。要把海藻爆炒得极香，没有此味，这个薄饼就逊色了。另外有舂碎的花生酥，加力鱼碎、蛋丝、肉松、炸米粉、京葱丝、炸蒜蓉、银芽、芫荽其十种。南洋人吃，豪华起来，还用螃蟹肉代替加力鱼肉。

薄饼皮当然挑选最好的，在碟子上铺好之后，就在薄饼的一边摆上自选的配料，另一边把葱段切成刷子，涂上蒜蓉醋、芥末、辣椒酱和西红柿酱，在中间最后才放主馅。用高丽菜丝、红萝卜丝、冬笋丝、五花肉丝、豆千丝、蒜白、荷兰豆、虾仁、海蛎、大地鱼末、干葱酥去翻炒了又翻炒，太干了加大骨汤。闽南人说隔夜翻炒，才最美味。

这一顿最正宗的薄饼，吃了其实不必再去加菜，但让人抗拒不了的佳肴紧接而来： 茶浓响螺片片得极薄， 用铁观音灼熟即食。 豆酱三层肉煮斗鲳， 斗鲳就是我们的鹰鲳， 有七八斤之大。 固本酒焗红虾， 红虾是闽南极品， 非常甜， 不逊地中海者。 海蛎煎当然是蚝烙了， 土龙汤用猪尾和鳗鱼来炖。 闽南芋包用芋泥蒸成皮， 包着猪肉、 虾仁、 冬笋和马蹄。 杂菜煲用古龙猪脚骨头焖大芥菜。 冷鱼三吃是手撕剥皮鱼、 唥汁巴浪鱼、 秋葵拌狗鱼……

已经吃不下， 也数不完， 大家自己去品尝吧。

东渡路濠头站港区北通道

+86 592-8108777

...

我的上环散步

我的散步，当然不是去什么公园，如果与吃无关，我是不会有兴趣的。

虽然身居九龙，但我的散步范围，还是集中于香港，尤其是上环这一区。

为什么是上环？我总觉得港岛那边，还有许多老香港做生意的作风和浓厚的人情味。第一次去，以为是商人的傲慢，伙计不理不睬，做得成做不成交易根本与他们无关。

这种感觉，很不好受。但一光顾得多，与他们打上交道，这时，老香港人情味就出来了。除了货真价实，还会把店里的货全搬出来让你品尝，像把他们的头拧下来也行。相熟的食肆，顾客当是他们家庭成员的一分子，一汤一馔，都花上妈妈做给儿女们吃的心思。

散步由威灵顿街开始，一直走到孖子沙街转角毕街的"生记粥品"，他们新开的茶餐厅已甚有规模，但我还是钟意走进巷子里的老店，很小，只有几张桌子。

店主阿芬已在里面忙得团团乱转，但你一下单，什么材料配什么，她记得清清楚楚，绝不出错。早来的话还有鱿鱼膘，烫在粥里煮熟，其他的有肉丸、鱼腩、各类的猪内脏、牛肉等……数之不清的配搭。

很快就卖完的还有生鱼片，就那么吃也行，怕怕的话，混在粥里烫个半生熟，甜得不得了。

"生记"的粥是用瑶柱白果和腐竹经长时间煲出来的，和别的地方一比，即见输赢。也不必我多说，吃过一次即上瘾，毕生难忘。

如果找不到位子，到阿芬经营的转角茶餐厅去好了，那里坐得较舒服，也多了一味牛腩可吃，粥照样是旁边那家小店煮出来的，味道一流。

上环毕街七号

2541 1099

注：星期一至星期六（星期日、清明、重阳、中秋及农历新年初一至初七休息），早上六点半已营业。

往前走，可到永吉街，摆在中间的小摊子"柠檬王"已有四十多年历史，老店东走了，他儿子继续营业。多年前摆货的小车子曾被食环署没收，求助于我，我写公开信评论此事，得当年的署长卓先生发还。与卓先生不打不相识，从此结交为好友，也是缘分。"柠檬王"的冒牌货众多，认清永吉街这摊，吃过就会不停地购买。

中环永吉街车仔档

唐先生 9295 2658

永吉街路口的那家"麦奀"面家，也是正宗的。

折回，走到西港城街市，后面的"成隆行"，每年到了季节，卖大闸蟹很有信用。他们家还有玻璃罐装的"秃黄油"和"蟹粉"卖，拿回家煮一个意粉，再舀几匙混上，连意大利老饕吃了也得俯首称臣。

上环水乐街一二〇号

2543 8735

从"成隆行"旁边的小巷穿出，就能找到专卖皮蛋的"李焕记"了。老板娘李焕还是每天守在店里，脸无表情，但半世纪以来精选自家农场的鸭蛋，腌制为能流出来的"溏心"。把皮蛋壳一剥开，表面有时还看到松花状的结晶体，为老饕们特别欣赏的。

永乐街——八号

9529 7199

走远一点，到"中国龙"去，这家专卖中国各省食材的店，很有人情味。现炒的栗子，现烤的番薯，还有各种罕有的食材。连拐杖也卖，用花椒木做，除了助行之外，握着还有药疗功效。

皇后大道中 283 号

3158 0203

这时肚子应该开始饿了，走向从前的南北行，记得年轻时常来。这里有家四海通银行，行长刘作筹先生是收藏大家，把无数的字画展示给我，教我怎么分辨真伪。言归正传，当年有条潮州巷，现在已不见，仅存的小贩搬到"皇后街市"二楼的熟食档。

这里可以吃到绝无仅有的潮州猪杂汤，"陈春记"的老板娘已经快九十了，还守在档里。这家人的猪杂及猪血猪肠，味道和从前一样，有无限的回味。

"曾记粿品"除了韭菜粿和其他粿品之外，还有炒粿和蚝煎，好吃得不得了。要去就快去，这是一种快要消失的滋味。

吃饱了走回文咸东街的"尧阳茶庄"，那粉红铁罐的"万年春"水仙，六七十年前已出口到南洋去。在店里喝上一杯，其香是无话可说，还非常帮助消化。

文咸东街七十号

2544 0025

　　喝完茶，又觉得可以再吃一点东西，这时走回皇后大道，找到"陈意斋"，它的燕窝糕、薏米饼和杏仁露，都是老香港人最喜欢的。别忘记店里现做现卖的"扎蹄"，用腐皮卷起来的，有素的和荤的两种。买虾子扎蹄好了，请店里切成一片片，边散步边吃。

　　一乐也。

皇后大道中一七六号

2543 8414

台北四十八小时

常到台北公干，今日去，明日返。这不到二十四小时，工作时间除外，还能做些什么呢？

首先，酒店的选择，很奇怪地，名牌大集团经营酒店，没什么人愿意到台北开，不过那些没个性的，不住也罢。我喜欢的还是"西华"（SHERWOOD），房间不多，很舒适，连李安也觉得不错，常入住。最重要的是它设有喷水冲厕，这是许多美国五星酒店不懂得的服务。

台北松山区民生东路三段一一一号

+8862-2718-1188

放下行李， 到餐厅去， 有以下几家可以推荐。

"三分俗气"： 卖的是浙江菜， 有禁脔的头盘， 猪脚炖海参的主菜， 红烧牛肉也做得出色。 听了我的介绍去的朋友， 没有一个说不好吃。

台北县永和市国光路49巷8号

+8862-2231-1103

"欣叶"： 最地道的台湾菜， 像蚵仔、 菜脯蛋、 煎猪肝、 炒米粉等等， 价格便宜， 水平有所保证， 但得去这家老店。 忠孝店和一〇一大楼店的分店， 走高级路线， 台菜变成不三不四的混合菜， 千万不能走进去。

台北双城街三十四号

+8862-2596-3255

"真的好"： 高级海鲜餐厅， 但价钱实在， 不会宰客人， 鱼虾蟹可以在水缸中选择。 看不到的是一种叫"花跳" 的咸淡水弹涂鱼， 肉幼细得不得了， 用姜丝来煮汤， 甜美异常， 不能错过。 蔬菜可叫澎湖丝瓜， 好吃得不能相信， 但价高， 和海鲜相同。 他们包的粽子， 也非买回来当手信不可。

台北大安区复兴南路一段222号

+8862-2771-3000

"度小月"： 本店开在台南， 但台北这一家分店的规模和水平都和本店一样好， 当然先来一碗担仔面， 不喜面可叫米粉， 然后来碗贡丸汤。 季节恰逢青竹节时可来一碟沙律， 笋甜得比梨还好吃， 这家人也把台南美食搬过来， 可叫盐烤虱目鱼、 黄金虾卷、 虾仁肉圆、 蚵仔酥等， 好吃得很。

台北市忠孝东路四段二一六巷八弄十二号

+8862-2773-1244

以上这几家都在台北开业已久， 如果你想找新的， 那么到"上引水产" 去吧。

这是一间开在"滨江市场" 旁边的食肆， 面积大得不得了， 可以说集中海鲜超市、 观光渔港、 日式料理、 户外烧烤和火锅店的包围式经营。 香港的观光客触觉敏锐， 到了那里， 就可以听到很多人在说广东话。

有一区专门给你选购游水海鲜， 鳕场蟹、 毛蟹由北海道运来，客人买了， 拿到店里， 就帮你煮熟， 把成品拿到四处角落设有"立吞"（TACHINOMI）站， 就可以站着吃。 吃完走人， 不知要比餐厅便宜多少。

这是一个模仿筑地鱼市场的构思，但原意近于纽约的"EATALY"，请了诚品书店的计划者来建筑成一个新颖的饮食天地。

台湾人把那种站着吃的叫成"立吞"，是种错误。"立吞"设在日本的街边售酒处，"吞"（NOMI）只宜作"喝"，而不是吃的。"立食"（TACHIKUI），才是正解。也许台湾人也不在意这些，将错就错吧。

在这里，我也看到很多人买一盒盒的海胆，大叫抵食。他们不知，买到的只是俄罗斯出产的，而不是北海道的马粪海胆，也不必扫他们的兴了。真正高级的日本料理，可得在中国香港吃，这不能和台湾人辩论，一谈起来就得打架，还是偷笑好。

台北市中山区民族东路410巷2弄18号

+8862-2508-1268

在台北，当然还可以到台北"故宫博物院"，或者去三越百货公司，但我的二十四小时，还是集中在吃、吃、吃。

到了半夜，我爱去一家叫"高家庄"的餐厅，打着招牌卖米苔目，说是像我们银针粉或老鼠粉，其实是像濑粉居多，但我志在吃这家人的卤大肠和其他内脏食物。没有一个地方的人做内脏做得比台湾人更出色，他们把内脏文化发扬到极点了。到这里，吃一碟他们的卤大肠，就知道我说些什么。

台北中山区林森北路二七九号

+8862-2567-8012

　　再睡不着的话，有二十四小时经营的"无名子"。这里的台湾小菜至少有一两百种，你想到什么就有什么，还可以叫他们清炒蔬菜，奉送一锅番薯粥给你，包君满意。

台北市复兴南路二段一三〇号

+8862-2784-6735

　　早上醒来，我最爱吃"切仔面"。从前我在酒店附近的小巷就可找到，当今已少人做，得特地去找，在北区迪化街有一家叫"卖面炎仔"的最为精彩。"切仔面"的面，并非字面上的切字，而是来自渌面时"切、切、切"的声音。叫一碗干面，有韭菜豆芽，还淋上带肉臊的辣酱和甜酱，配的小菜有烟熏鲨鱼，靠近肚边的肉充满骨胶原，又肥又美。猪肝是用针筒把酱油打入血管再蒸出来的，幼细得不得了。来碗猪腰汤，不怕胆固醇的话来碗猪脑的，大呼过瘾。

台北市大同区安西路一〇六号

+8862-2557-7087

　　在附近迪化街旧区内，还可以找到专做贡丸的"明华贡丸店"和卖猪肉纸的手信店"江记华隆商行"。

吃完，我虽不是信徒，也到拜关公的"云子官"一趟，感受台湾人的信仰气氛。接着乘酒店车到机场，华航的商务舱什么牛肉面、肉臊饭都有。更好吃的，是他们的煨番薯，甜到漏蜜，不容错过。机上小睡一个小时，到达香港。

九州岛之旅

————————||||||||||||||||||||||||||||||||||||||||||||————————

多年前， 我在日本冈山吃过水蜜桃之后， 就深深地中了"毒"，
上了瘾。 其他地方的桃子， 试了又试， 都找不到比它更好的。 就算
够甜， 也不能像冈山白桃一样， 用双手左右一拧， 大量蜜汁喷出，
这才叫水蜜桃。

今年又去了， 雨量不多， 桃更甜， 吃过的团友， 没有一个不
赞好。

又住回"汤原八景" 旅馆， 这家人没有室内温泉浴室， 要浸可
得到地库的大浴池， 或平台的露天风吕。 最有特色还是步行到旅馆前

面那条溪流，三窟温泉涌出，浸时往自己身体一摸，滑滑滑滑，一连四个滑字，才知它是日本露天温泉之首。

最主要的还是先去探望我喜欢的"女大将"，这女人有相当的岁数，但怎么看都不老。

大厨是打败过铁人的师傅，他用一个双人合抱的大铁锅，放水加面酱，滚后把一尾尾活的鲇鱼放进去煮熟，就此而已。那么简单的料理，那么美味！

肉方面，当然到神户我的好友蕨野的"飞苑"吃三田牛。两顿，第一餐是他太太处理，将肉切条，放在备长炭上自己烧；另一顿在蕨野的私房菜。我说在"龘皮"吃过三田牛的"BLUE"，你弄几块给我试试，看有什么不同？结果拿出来的，不逊"龘皮"，价钱更是便宜得多。

五天行程很快过去，大家回去时，我得和助手荻野美智子又上路视察。九州岛已经有好久未去了，各团友都想念大分县臼杵郡的河豚，只有那边还可以生吞最剧毒的河豚肝，没有危险。

九州岛要怎么去呢？从香港当然有直飞福冈的港龙航空，可惜商务位不够！还是从大阪转机为妙，至少前后两晚，又可以再在神户大啖蕨野的三田牛了。这次吩咐他第一餐改韩式的烧烤，加 BIBIMPA 野菜辣椒膏拌饭，加一贯的三田牛肉杂菜汤一大碗，后一餐吃他的私人会所高级料理。

这次准备的是新年团，一定得不惜工本，入住九州岛最好的由布院"龟之井别庄"。连住两晚，旅馆大餐的变化也得先尝试有什么不同的。

天气一冷， 没有水果， 日本果农一律种植夏天的草莓， 果园设备也应该去看看。 还有什么吃的?"稚家荣" 的海鲜不错， 他们用和牛做的包子， 吃过的人都念念不忘。 我们再去试试看有没有走味。

　　九州岛的手信， 有著名的明太子， 煮一碗香喷喷的日本米饭， 送咸中带甜的腌鱼子， 很不错。 他们的冬菇， 也堪称日本最好的。

　　又到福冈的"一兰" 本店去吃拉面， 他们的手信有三种干面， 釜酱豚骨， 淋酱的干捞和夏天的冷面， 只要把面条煮个两三分钟， 即可食用。 最新产品有用昆布包着的明太子， 试过觉得十分美味。

　　这次九州岛观光局隆重其事， 叫了大分县、 熊本县和长崎县三个地方的专员来开会， 希望我能去为他们拍一个旅游节目， 把所有详细数据集中让我参考。 可惜行程太紧， 有些值得去的都到不了。

　　大分县的观光局要员陪我们四处走， 参观了酱酒厂"原次郎左卫门"。 他们出的鱼露是用高级的鲇鱼来做的， 又有用鹅肝和鸡心做的酱油， 另一种很浓的柚子醋装进尖嘴的塑料筒中， 可让厨师在碟上画画。

　　我们又去了一间"地狱蒸"， 让客人自选食材， 放在自然的温泉热气上蒸熟来吃。 如果在店里看不见喜欢的， 也可到别的食材店买， 再拿去店里蒸， 也有趣。

　　几个县都在九州岛， 但是车程还是十分遥远的。 我们组织的行程是在大阪住了一晚之后， 第二天十点乘新干线， 中午抵达福冈， 先到"稚家荣" 去吃一顿丰富的海鲜以及和牛大包， 再乘车往果园去。

　　自摘最甜的草莓， 日本人将草莓箱吊高， 伸手就能采到， 处理得干净不沾泥土， 一摘就能吃， 不必弯腰， 不觉辛苦。 入园时各给一个塑料盒装草莓，另有一格装着炼奶，草莓已经很甜，要更甜的话可以蘸炼乳。

到了旅馆，浸一浸温泉，就可以吃大餐了。翌日早餐也在旅馆，吃后在旅馆附近散步，各精品店的品位甚高，也有各种风味的软雪糕，吃个不停。

中午乘车，从由布院到臼忤去，那家"喜乐庵"的"女大将"都十分端庄。家族生意已做了一百多年，庭院不变，风雅得很。在那里吃一顿最丰富的河豚餐，当然全是野生的。试过了那种甜味，今后养殖的河豚再也难于入口。

农历新年时节，天气最冷，河豚最肥。还有那白子，吃刺身也行，用火灼一灼，更是毕生难忘的美食。

回程心急，再到大阪去疯狂购物，只有从大分县乘飞机直飞大阪的国内机场，三十分钟车程就到市中心，刚赶上午饭。飞机不大，行李不便同载，另雇一辆货车直送。但是国内机要齐乘客名单才能安排座位，所以这次请大家早点报名。

在神户吃三田牛私房菜，返港那天去黑门市场买食材打包返港，临上飞机再来一顿螃蟹大餐。这个农历新年，怎么也要过一个豪华的愉快的。

重访北海道

十多年前，"国泰"因生意不佳，停止直航北海道札幌的最后一班机，问我有没有兴趣包下商务舱那三十多张票。回来把酒店和餐厅一算，五天四夜，包吃包喝包住，竟然还有一点纯利，就把团费定为一万港币。

当今当然像广东人所说：冇呢支歌仔唱啦（已无此曲可唱）。不过，香港人乐此不疲，香港札幌这条复航的直飞线班班爆满，我们也不必去到东京或大阪转机。北海道已成为"中国人的天下"，到处可见，每个地方都有汉字标语。

很高兴看到日本人能赚那么多游客的钱，北海道区并没有受到太多的政府财政支持，公众设施各种福利，还是刻苦经营的。

到处都看到雪，中国游客大为高兴，尤其是第一次见到雪的南方孩子们。日本游客是绝对不来的，他们只享受夏日的避暑，雪对他们来讲并不稀奇。本来冷清清的冬天，居然引进那么一大批中国客，日本人也不得不高兴。

可是单单游客是帮不了北海道的，一个地方的经济好或不好，一看他们的"的士"就知道——街头巷尾排着一条空车的长龙，车价也不是几十年不变的，一直维持的上车650日元。为了竞争，让车主自由定价，有些降到550日元，到了小樽，起步价只是500日元而已。

经济一差，地皮就跌，又加上近年汇率已不那么高，中国人看到土地就买。眼看地皮一块块消失，日本人开始定下法律，不让中国人那么疯狂地购买。但地产商的头脑哪会像北海道政府那么单纯，中国人不能买，就叫新马泰人来买，背后老板，不也还是中国人？

生活虽苦，也得活下去。北海道的白领，已有10～20年没有加过薪水。不被老板炒鱿鱼已算偷笑，他们咬紧牙关活下去。

都市人已那么惨，乡下呢，耕田的呢？请各位别替他们担心，基本上日本已没有穷人，每家每户都有洗衣机和电饭煲，空调设备都做得极好，洗手间的地板也加了热，他们在冬天不会冷到，甚至连喷水马桶的厕板，也是暖的。医疗保障更是做得不错，有许多老人把出入医院当作日常娱乐。

饿死是不会，冻死有可能。大雪把乡下的马路封闭，人在车中出入不得， 时常有父母为保护年幼子女而丧命， 这是北海道人接受的事实。

农村不断地缩小， 年轻人多到都市去工作， 人口老化， 许多木屋都荒废了。 如果有人肯到那里生活， 随时可以免费入住， 但那种乡下连医院也没有， 需要很重的体力劳动和忍受寒冷才能活下来。

还是有些人够勇气的， 像环保分子， 自耕自足， 不吃城市的农药菜； 像艺术家， 他们宁愿孤独地在雪中做玻璃工艺品， 雕刻湖中漂流来的木头等等。

遇到几位， 他们说： "有什么苦过战后的日子？ 人的忍受力极强， 不是那么容易冻死饿死。 北海道是我们的故乡， 总比到一个陌生的地方生活好。"

我们游客， 当然不必去体会， 入住温泉旅馆， 泡泡露天风吕(浴场)， 优哉游哉。 札幌至今还没有所谓五星级的酒店。 从前的"SAPPORO GRAND" 或"PARK HOTEL" 垂垂老矣， 当今最高级的算是火车总站的"JR酒店"， 出入方便。 要购物， 楼下由"大丸" 走几步就到。

最贵的料亭餐厅还是"川甚"， 我们这回又去光顾。 "妈妈生"穿着和服笑盈盈招待， 一看可知年轻时是一位美人。 问她女儿呢？她回答已经嫁人， 现在又收了另一位养女， 样子过得去， 培育为接班人。

"寿司善" 还是城中最好的一家， 在最旺的街上那间是分店， 要吃总得到圆山那家总店去。 北海道一向因为食材最丰富最新鲜， 而养不出好师傅来， 但这家人是例外。 主理板前的厨子像个飞刀手， 先把一块姜切成数十薄片表演一下，问你服了吗？

海鲜到处有，到了小樽，更是充满玻璃店，我这回去是找杯子的。为什么老远跑到小樽？我有一个朋友，宴客时大干茅台，一下子都醉，所以要用最小的杯子来干，怎么找也找不到理想的小杯，只有定制。

有一家店叫"小樽手造硝子工房"，硝子，就是玻璃的意思。那里有一位上浦斋的师傅，听客人要什么就做什么，而且非常有艺术性。

向上浦先生说明来意，他拿出几种样板，我都不满意。我的要求是杯子看起来不能太小，太小就小家气。他说可以用玻璃来托底，玻璃是透明的，看不出。但单单是个玻璃杯看起来也不高级，是否可以刻出花纹？他说这是另一门工艺，有专门的切割玻璃师傅，不是他拿手的。上浦先生建议把彩色混入玻璃中来烧。我们把造型研究了又研究，颜色如何配搭又聊了一番，最后他说，先烧一个样板，再进一步讨论，问价钱。

"这是一个挑战，你识货，满意了再给我一个合理的，就行了。"他说。

御田（Oden）

各地的日本料理开得通街都是，起初什么都卖，刺身、天妇罗、铁板烧、乌冬、拉面，应有尽有。对日本烹调有点认识之后，一看就知道不正宗，日本人做事都很专一，一种料理做得好，已不容易，哪会什么都有？

渐渐地，各种日本料理已分别兴起，卖鱼的卖鱼，卖肉的卖肉，一间店中没有烤鳗鱼和锄烧同时出现的。大家都做得很专，比较少涉足的是 Oden，反而在便利店里有得卖，当然是不好吃的。

Oden 是一种平民化的杂煮，没有对应的汉字，勉强译上，应该是"御田"。从室町时代开始，就有用木签插着豆腐，煮后得加上甜味噌的吃法，叫为"田乐"。"田乐"这个名字是从种米季节祭神的舞蹈"田乐舞"中得来的。

做法分东京式和大阪式，东京式的汤底用鲣鱼、浓酱油、砂糖和味酬；而大阪式则用昆布取代鲣鱼。我们不求甚解，凡是这类食物都叫关东煮或关西煮。中国台湾人的叫法更独特，称之为"黑轮"，这要用福建话来发音才能明白，"黑"，亦叫"乌"，而"轮"则是"den"，二字接起来，就成了"黑轮"。

最基本的食材有些什么？萝卜少不了，切成一轮轮的大块，这是东西共同的。关东煮的特点有"Hanpen"，一种鲛鱼加山芋搨成的鱼饼；"信田卷"，用肉、蔬菜、鱼饼蒸起来再炸的东西；"鱼筋"，用绞鱼的皮和软骨搨成球状再炸出来；"Chikuwabu"，有时用汉字写成"竹轮麸"，以小麦粉加盐炸出；"satuma-Age"，用杂鱼做成长条状的鱼饼炸出。

而关西煮，则以鲸鱼的各个部位为主，"Saezuri"是鲸鱼舌，"鲸筋"照字面，"Goro"则是指鲸鱼皮。"Hirousu"，是用红萝卜、牛蒡、银杏和百合的根部为馅，豆腐包之，再炸。"Hiraten"更有代表性，压成长方形扁块，小的叫"角头"，大的叫"大角头"，北海道人做的又大又厚，也叫围巾（Mafura）。

一般客人喜爱的还有"牛筋"，以及名为"春雨"的粉丝、卤鸡蛋等等，本身一点味道也没有的"蒟蒻"，用汤煮过后也有人吃上瘾。另有八爪鱼，和萝卜一起煮过，看样子很硬，吃起来就知道非常软熟。

在日本国会图书馆中有幅 1858 年的画，从中可见小贩是扛着来叫卖 Oden。到了二十世纪五六十年代，深夜的街道还有档口。在冬天，客人坐下，烫了清酒，叫一两串热腾腾的来吃，味道和回忆，都非常温暖。

当今的都搬进店里了，东京最有名的老店"御多幸本店"，从 1923 年开到现在，地下是柜台式，二三楼有桌子可坐。店长叫坂野善弘，店里很受欢迎的还有"Tomeshi"，是一碗白饭上加一块炸豆腐，淋上汤汁，只卖三百九十日元。

我到东京，吃厌了大鱼大肉后，很喜欢在寒冷的冬夜跑去这家店，每次都满足地捧着肚子散步回酒店。中午十一点半到两点，晚上五点到十一点，星期天休息，不能用信用卡。

东京中央区日本桥二、二、三

+813-3243-8282

在东京也能吃到关西煮，"大多福"从 1915 年营业至今，店主为第五代传人舩公大工荣，用北海道日高的昆布来熬汤，加上他们称为白酱油的生抽，味道浓淡适中。其他的大阪店多用鲸鱼为食材，当今东京人也有了环保意识，这家人也少采用了。

店就开在法善寺内，门口有个古老的大灯笼，用毛笔写着"大多福"三个字，外卖的话，有个陶瓶给你装着食物和汤，很有怀旧味道。

东京都台东区千束一、六、二

+813-3871-2521

一般只在晚上营业，从下午五点到十一点。星期天和公众假期照开，中午十二点到两点，晚上六点到十点。

到了大阪，最有名的是"Tako 梅本店"，是日本最老的，由1711 年至今，当今在市内还有四家分店，本店最佳。

当然还有鲸鱼的各个部位可吃，但劝大家还是免了吧，不如去吃著名的"八爪鱼甘露煮"，一定会留下深刻的印象。

大阪区道顿堀一、一、八

+816-6211-6201

只在晚上营业，五点到十一点半，星期六和星期天中午十一点半到下午两点半，全年无休。

去到京都，则有"蛸长"，从 1883 年至今，最受文人墨客欢迎。到只园和艺伎玩了一夜，带艺伎们去吃点关西煮，一走进店，就看到一个巨大的方形铜锅，里面整齐地摆着各种食材，一目了然，指指点点，不懂得日本话也没有问题。

京都市东山区宫川筋一、二三七

+8175-525-0170

附带一句，我们看到碟中的汤，一定忍不住来一口，但是，日本人是绝对不喝的。点黄色芥末也是特色，有部座头市电影，胜新太郎演的盲侠吃 Oden，拼命涂芥末，呛到眼泪都飙出，印象犹深。

...

韩　江

　　我去韩国的次数，加起来，不下百次了。

　　五十年来，看到韩国的不断变化，很有感触。我一向偏爱这个国家，写下不少文字，歌颂韩国人民的热情。得到的反应总是："韩国有什么好？你说的美女不是整容出来的吗？你吃到的东西，除了烤肉和泡菜，还有什么？"

　　唉，说给他们听也不明白，五十年前大家都穷，哪来的钱整容，女人还不是那么漂亮？

　　怎么批评都行，不得不承认的事实是，这个国家的人民发奋图强，在短短这几十年来已变成一股强大的力量，所创潮流已经在影响和领导世界的潮流。

当今，问年轻人："带你去日本玩好不好？"只见他们摇头："不如去韩国吧。"

最初，韩国人像美国的黑人，没有人相信有一个可以当上总统，也没有人想到裴勇俊和金秀贤，会让日本老太太包围尖叫。日本的电器市场中卖的是"三星"的电视机，"雪花秀"化妆品也在银座开店，和"资生堂"争天下。据说《来自星星的你》片集，日本也不敢买来播放，怕搞乱市场。

韩风食物在美国也大放光彩，连饮食界名人 ANTHONY BOURD-RAIN（安东尼·波登）也吃得上瘾，谁说韩国东西不好吃？我在韩国享受了最好的牛肉全餐，塞进两大只鲍鱼的人参鸡汤、金黄色的南瓜包着粉红色的硫磺鸭、河豚大餐和唥唥是肉的雪场蟹，由侍女用刀剪出肉来喂你，还有那些腌魔鬼鱼和细如头发的紫菜、已经在中国快绝种的野生黄鱼……谁说韩国只有烤肉和泡菜？

这次重游首尔，是孤独的旅行，没有一大团人在身旁，自由自在，另有一番滋味。

繁华的江南，我最讨厌，到处高楼大厦，卖的品牌东西也和别些地方的一样，全无个性。我喜欢的是江北老区西村，在景福宫附近，游客很少涉足。

幽静的街道，完全是二十世纪六七十年代的味道。见一木亭，一大堆人在下棋，走近一看，是中国的象棋，但完全不按照象棋的规则，飞象可以过河。

商店中卖着古董铁皮玩具，也有间纸店，专卖韩国纸和制品。看到一家中华料理，挂着一个"永和楼"的招牌，油漆快要剥落。想起五十年前，我和同学王立山初次来汉城，他家里开的菜馆，一模一样。

忍不住走了进去，叫一碗炸酱面，黑漆漆的酱，除了黄瓜丝和洋葱之外什么都没有，但吃出当年的手拉面条的味道，感动得差点流泪。

再走前几步，见一洋式古宅，原来是画家朴鲁寿的故居，现已改成纪念馆，可以参观。门口挂着巨匾，写着"如意轮"三个隶书，很有气势。里面挂着画家的作品，线条简单，意境深远。花园里面的盆栽由专人保养，留着当年的老样子。石头凿出的圆桌和方形石凳也是画家设计的，值得一看。

出来，有间理发店，现在只剩下夫妇两人经营。想起过往的理发店至少有七八个人服务，师傅理发、力壮的小伙子洗头、妙龄女郎技师剃胡子的那种享受，不知不觉走进去，让老太太修个脸。她仔细地把我脸上的汗毛刮净，那双手虽然不是当年的少女，也舒服至极。

走到了菜市场，非逛不可。一条长巷，食物应有尽有。除了蔬菜和鱼虾蟹，小摊子中也卖韩剧中常出现的辣酱炒年糕、烫腐皮串和炸香肠等，男男女女下课，都来这里喝上几杯。从前，只见男学生坐下，女同学替他拿着书本站着看，当今如果是这种现象就追不到女仔了。

经过一家药材店，卖一堆堆的刺桐木干，韩国人用来煲茶，牌子上写着有脱胎换骨之效。另有五实子，写着"七颠八起"。网友韩滔看完我发的微博照片，说用这四个字来形容五实子，真是有趣。

从菜市场走出来，对面就是最好的炖牛肉店"白松"，不可错过。

52-1，JAHAMUN-RO，JONGNO-GU
+82 2736 3564

这一区也不尽是老店，许多年轻艺术家都喜欢在此聚集，其中有一位专做传统铜器的，作品异常之精美，作家是国家认证非物质文化遗产传承人。店名叫"NOSHI"，有两层，下面是咖啡店，不是为挣茶钱，主要是用来展示他的杰作。楼上摆满了铜制碗碟，用个筷子敲了一下，声音清脆，久久不息。我最欣赏韩国人这种食器，从前生活在炕上，放着可以保暖。

钟路区通仁洞118-9
+82 2736 6262

美食家友人金秀真的料理学校也在附近，有兴趣可来上一两堂课。住宿也不必考虑找什么大酒店，对面就有一间三层楼洋房，里面装修得干干净净，很有品味，是家民宿，叫"COCOONSTAY"（茧居），名字有趣。

旧区江北和新区江南只隔着一条韩江。我第一次来到时，韩江江水清澈，晚上还可以放舟。江边泊着一艘艘的小艇，船中铺着草席，干净舒适，由年老船夫把舵。带着女友租了一艘，船夫便把舟撑到江中央，接着取出蜡烛点上，用一个纸杯，通洞罩住挡风，然后向我叽里咕噜一番，忽然，跳进江中，吓了我一跳，原来他已游到岸上，像孙悟空一样用手遮额，仔细观察等待。我们温存过后，只要把烛火吹熄，他就会游过来划船返岸。俱往矣。只能说给年轻人听听，让他们羡慕一番。

部队火锅

在韩国，卖得比可口可乐和肯德基更厉害的，是"SPAM"（午餐肉）。

"SPAM"为一家美国公司 HORWAL FOODS（荷美尔）在 1937 年发明的罐头食品，英文字母由"SPICED HAM"（香味火腿）的简写而来，也有人说是"SHOULDERS OF PORK AND HAM"（猪肩肉和火腿）的简写。

朝鲜战争之后，大批美军入驻韩国，带来了他们的军粮，其中少不了这一罐长方形的猪肉罐头，美军也常拿去在黑市中交换些当地东西。 饱受战火摧残的老百姓少尝肉类, 视之为宝, 小说家安定孝在他的《银马》一书中也描述过: "……我希望今晚可以在附近地方拾到肉类吃, 你还记得上一次我拾到的罐头里面有什么? 我最记得那是午餐肉, 拿回家后我妈妈把它和其他可吃的东西混在一起, 弄出一个汤, 像猪吃的东西一样, 但非常美味……"

几十年前我初到韩国, 友人在家做菜请我, 记得也是这种午餐肉。 今天为了写这篇东西, 特地跑到他们的超级市场, 看到架子上面充满的午餐肉之中, 其他牌子应有尽有, 但还是"SPAM"最受欢迎。

当今这牌子被"CJ"集团收购, 在韩国大量生产, 过年过节用它来送礼, 几个罐头装成一篮, 已变成风俗。 一个中秋, 就卖八百万罐之多。

韩国人发奋图强, 在经济起飞后也对午餐肉念念不忘, 用它来做出种种菜式, 包括压碎后和黄瓜一起包成的紫菜卷等等, 大受欢迎。

"韩流"袭港, 城中的韩国餐厅到处可见, 年轻人最爱《星星》中出现的炸鸡和啤酒, 但还有一种必吃的, 就是"部队火锅"!

每个韩国男人都要当兵, 他们要吃又充饥又有营养的东西, 部队火锅就出现了。 是什么呢? 基本上就是把午餐肉切成方块, 和泡菜一起煮成一锅汤, 加方便面和年糕进去, 不饱也不行。

在中国香港吃到的已是很精致的了, 除了以上配料, 还加了芝士、 椰菜(高丽菜)、 方便面和年糕之类, 更有人把白饭倒入吃剩的汤中, 煮成一锅粥来。

此回来到首尔, 山珍海味当然享受过, 也非去找最便宜的部队火锅不可，地点是梨泰园区。这一带是美军驻扎之地，从前军人把配备的军粮放在一个长方形的铁箱，里面有"SPAM"、香肠、香烟、巧克力和吃了会发胀的饼干。其他地区的部队火锅最初没放香肠，加香肠的做法据说是梨泰园先起的。

最正宗也是最原始的一家老店，据说是要显出自己是高级的，所以用了美国总统 JOHNSON（约翰逊）为名，不叫部队火锅，只称"尊生锅"。

这家店位于梨泰园的一条小巷之中。这一带酒吧林立，是首尔的兰桂坊，晚上挤满年轻人，慕名而来的客人不少。店很小，可摆十几张桌子，要脱了鞋子进入，席地而坐。

墙上挂着的菜单全是韩文，外国人可以看图片点菜，品种极少，只有最出名的"尊生锅"，以及火鸡肠、牛肉肠、红烧猪肉、牛扒等几种而已。

同行的友人不吃牛，只好先叫了火鸡肠。我对鸡肉已经一点好感也没有，更别说枯燥无味的火鸡了。上桌一看，一条肠切成一段段，有十几块之多。

勉强吃进口，咦，味道奇佳，还有肉香，是不是混了其他肉不知道，只知是好吃极了。也许是肚子饿的缘故吧，这是下酒菜，叫一壶我爱喝的土炮"MAKKARI"吧。

什么？没有。侍者说："我们这里只卖啤酒！"

啤酒就啤酒吧，从前爱喝的老牌子"OB"完全见不到，当今改名为"CASS"，味淡，但好过喝可乐。

红烧猪肉接着，用了很多芡粉，煮得一塌糊涂，看不出肉的部位，像是把猪扒切成一块块的，下了很多莫名其妙的酱汁炮制出来。吃进口，酸酸甜甜，想选一块肥一点的也难。

这时主角登场，"尊生锅"是用一个铁锅上桌，下面不生火。锅大，但料少。用筷子拨开铺在上面的葱，可见切成方块的午餐肉，还有火鸡肠、芝士、年糕片和泡菜，就此而已，汤汁也少得可怜。

因为没有生火，不能煮方便面，也就只有那么干瘪瘪地吃了。出名的"尊生锅"，不过如此。

担心不饱，回到酒店又叫消夜，来一碗白饭吧，用锅中的汤淋之。咦，怎么那么美味？再用汤匙舀一口净喝，鲜甜呀，这是什么道理？午餐肉和香肠泡菜，是煲不出来的呀！

啤酒喝多了，去洗手间，韩国人叫为"化妆室"，用中文念起来发音也相同，一问人家就知道。经过了厨房，看见一堆牛骨头放在水中解冻，才知道有巧妙，原来汤是用那么多骨头连骨髓熬出来的。

虽然不错，但如果想试部队火锅的话，还是别那么正宗，吃那种又加方便面又加饭煲粥的改良版本较佳。

BADA SIKDANG

743-7 HAN NAM DONG, YONG SHAN-GU

+82-2795 1317 A

曼谷 R&R

不丹之行，餐厅再好，也是食之无味。回程经曼谷，可得好好享受。英文有 R&R 这句话，第一个 R 是休息 REST；第二个 R 则是 RECREATION，是消遣、恢复身心的治疗。来自美国用语，战争结束，上司们让大兵到东南亚各地去大吃大喝——我们就是怀着这种心情去曼谷的。

到泰国玩，最好搭乘泰航，要是头等舱的话，简直是一大乐趣。物有所值，走下飞机，闸口有专人迎接。坐高尔夫电动车直达海关，特别通道，不必排队，连同行李一下子运到旅馆的专车之中。

我一向住文华东方酒店，这次依同行的孙先生推荐，在 SUK-
HOTHAI 下榻。想不到市中心也有那么一家花园楼层式的豪华旅馆，
不错不错！周围是商业和使馆，找小贩摊子的话，得搭车。

放下行李后，就往唐人街跑。"银都鱼翅酒家"已光顾多年，主
要还是去吃烤乳猪，鱼翅是不碰了。当晚，七个人，差不多把整个
餐厅的菜都叫齐，有螃蟹粉丝煲、红炆鱼鳔、蒸鲈鱼、肉脍草菇
汤、七八种炒蔬菜，各种炒面、捞面、汤面等等，等等。不要
紧，不要紧，吃不完打包，结果都打包到肚子里面去了。

483-5, YAOWARAT RD., BANGKOK
+66 6230 1837

第二天，两辆经常来载孙先生的七人车来酒店迎接，一辆车接两
对夫妇去打高尔夫，另一辆车接我们三人逛菜市场。车由阿新和阿志
两兄弟经营，他们是当地潮州人，能操熟练的广东话，要去哪里先
打电话或电邮和他们联络，不必麻烦友人。我试探他们的能力，问
最好的榴莲档那两家小店在什么地方，也即刻能回答得出。

车资为三千至四千铢一天，很合理。

TCSL888@ hotmail. com

一早先到酒店附近的公园去散步，多年前第一次去曼谷时入住的

DUSIT THANI HOTEL 就在对面, 那时觉得很高, 当今一看, 在大厦丛中, 像个侏儒。 记得最清楚的是酒店走廊养有一头小象, 到处走动, 可爱到极点。 后来在一次服务员的罢工中, 因没人喂, 饿死了。

公园中有大批人在打太极拳。 我们是为了小食档而前来的, 叫了潮州糜的咸菜煮鲨鱼、 菜脯蛋、 炒芥兰苗、 五六种不同的鱼饭、 卤大肠、 鹅肉、 羊肉炒金不换、 咸鱼、 咸蛋等等数之不清的菜, 一碟又一碟上, 配着潮州粥, 要不了多少钱。

吃完又吃, 接着去被称为百万富豪菜市场的 "OR TOR KOR", 名字发起音来像日本话的男人 (OTOKO), 很好记。 在这里, 最高级的当地食材, 包括蔬菜海鲜干货及水果, 应有尽有。

当今是榴莲季节, 泰国人嫌剥榴莲麻烦, 干脆用利刀剖开, 取出果实, 一公斤一公斤地卖。 依价钱, 选喜欢的品种, 最贵的一千铢一公斤, 味道还好, 但绝对比不上马来西亚猫山王。 而且, 泰国人吃榴莲, 喜欢有点硬的。

来这里主要的是找熟食档中的干捞面 (BA MEEHEANG), 我对这种小吃有点着迷, 一家又一家试, 失望又失望, 都已经没有以前的味道了。

不放弃, 终于来到住惯的文华东方, 喝了一杯下午茶, 在河畔看到一条船经过, 隔了半小时, 又见同一艘船, 如此三四回。 一样的船看了又看, 友人都不相信自己的眼睛, 怎么有这种怪事?

原来, 河流入大海, 刚遇潮涨, 又把船冲了回来, 小艇马达加力。 再冲江口, 但又无奈地被潮水再次推回原位之故。

喝完茶, 就到酒店附近的菜市场, 这个只有本地人才会去的地方，有一档卖面人家，夫妇两人死守，已有三四十年。在这里，我叫了一碗干捞面，啊，一切美好的回忆都重返。以潮州话问店东："怎么保持的？"

"其他摊子，都不用猪油了。"当头一棒，怎么没有想到这么简单的答案。

见有粿汁卖，即要了一碗。这种潮州小吃，除了府城和汕头之外，已完全地消失了。

此行又与友人试了多家泰国餐厅，但都不值一提。最后一晚，还是去了"BAN CHIANG"，这家全曼谷最地道的泰国菜，水平数十年保持一致，原汁原味，每一道菜都不让本地旧客和外国老饕失望，价钱也便宜得令人发笑。

味觉这种东西很奇妙，吃过好的，知道有些泰国菜怎么创新，都不够好吃，来了曼谷，就不必浪费时间。也不肯去试大家推荐的意大利和法国菜，就算多好，也好不过到原产地去吃。

14. SOI SRIVIANG, SURASAK RD., BANGKOK
+66 2236 7045

到达机场，第一个闸口就是泰航，行李全交给地勤员工，顺顺利利、快快捷捷地走进候机楼，里面的泰国餐厅应有尽有。吃完，还有时间，免费做个全身按摩。若要赶时间，也可以捏捏脚，服务真是好得没话说了。

小睡一下，抵达中国香港。

芽庄安缦

我们这次和几位友人， 去泰国清迈、 越南河内和芽庄。 前两个地方我都去过好几次， 主要的还是想试试芽庄的安缦度假村， 晒晒太阳。

十一月天， 原来这些热带国家都清凉， 日光浴已太冷， 连房间外的游泳池也不想去浸了， 浪费得很。

清迈的餐厅多已游客化， 没有什么值得一提的， 除了那家 BAAH SUAN， 是一位当地的名建筑家经营， 沿着河边的泰式小屋， 食物非常之精美， 和在中国香港吃的泰国菜完全不同， 值得推荐。

25，MOO 3 SARI，PHISUA MUANG，GHIANGMAI

+66 53 84169

本来"东方文华"在近市区有家很好的酒店，出入方便，但可惜已经转手，不再有文华的风格，结果还是住回清迈"四季"。虽然远了一点，已是最佳选择了。

环境和服务是一流的，那里的SPA（水疗）有兰纳式的按摩，较一般的好得多。走廊和花园布满一个个的水盆，飘着鲜花织成的图案，给人留下深刻印象。酒吧中有位年纪很大的酒保，把各种的传统鸡尾酒调得正宗，已是很不容易的事。问他有没有湄公牌的泰国威士忌，他摇摇头，说自己也想收藏旧货，每次到曼谷都去寻找，都失望而返。我想喝的"湄公河少女"鸡尾酒，没有了湄公牌，已成了绝响，不过他介绍另一款泰国秫酒给我，勾了椰青水之后也迷人，请我命名。我说叫为"清迈淑女"（LADIES OF CHIANGMAI）好了，他点点头收货。

在清迈的菜市场中，看到最多的是炸猪皮，这简直是清迈人的主食，捏了一团糯米，再咬几口猪皮，就是一餐。各种各样的猪皮，有的是炸两次，走了油，抓在手上也不觉腻，爽脆香浓，好吃得不得了。炸物之中，还看到炸黄蜂，比普通蜜蜂大出几倍来，这种会叮死人的毒蜂，想不到也可以吃。

在清迈收到消息，说超级台风"海燕"正吹河内，好在是私人飞机，即刻改道到新加坡，想入住我最爱的FULLERTON酒店。但正遇摩根史丹利在新加坡开大会，所有酒店都客满了。打了电话给信和高层，特别安排了几个房间，住得舒服。

当然去了潮州餐厅"发记"，友人吃过用肥猪肉煮的芋泥，又甜又咸，念念不忘，再去尝试，味道还是那么好。同一条厦门街上有家福建菜馆叫"茗香"，从前的炒面一流，这回又去，所有的食物都一塌糊涂，吃得一肚子气，各位千万别去上当。新加坡小贩食物已是有虚名而无其味，连这家老店也一样。

最后，临上飞机，带友人去加东的"GLORY"，这是保存得原味的一家，大家吃过无不赞好。我说我小时吃的，都是这种味道。

顺便从"GLORY"的小食部买了各种糕点，鱼饼虾片也特别香，在飞机上喝着五十年的"GLENURY ROYAL"单麦芽威士忌，一下子抵达越南芽庄。

这下子可折腾了，要一个半小时的车程才能找到"安缦酒店"。马路崎岖，凹凹凸凸，常中几个大洞，入黑之后更为惊险。如果是前来度蜜月的小夫妇，坐上本地"的士"，不吓死才怪。我们经过了不丹的山路，觉得是小事一桩。

终于来到酒店，望上去是一条木头的长廊，利用透视的美学，简单之中感到高贵。这都是安缦酒店的特色，每一间安缦都会给你那种低调及安详的印象。

办理了入住手续之后，便由电动高尔夫车子载到各家别墅，都是依山而建，躲藏在丛林之中，又不破坏自然。房间十分宽敞，厅、房、阳台、私家池、浴室，干净而舒适，杜绝一切的蛇虫鼠蚁，可以宁静又安心地睡一大觉。

翌日，被江户鸟鸣叫醒，拉开窗帘，发现除了柱子，几乎没有墙壁，让阳光照进每一个角落。大池的水已烧暖，游个泳后便可以去吃早餐。

餐厅分两个部分，冷气的室内或露天的任选。法棍面包上桌，一捏在手中就发出爽脆的裂声，表示是手艺极高的面包手现烤出来的。牛油一吃即知是法国诺曼底味道，一切完美。

不喜西式的，有越南河、塞肉法棍等地道美食，吃完后便去"发现"酒店的各个角落。当然有极高级的SPA配套，这是安缦酒店必备的，旁边一个无边的大泳池。如果嫌不够大，供烧烤及野餐的海边食堂外，更有一个四十多米长的浴池。

整间酒店开在"NUI CHUA"国家公园里面，四十二公顷的山头散落着三十六座独立别墅，还有不为外人干扰的沙滩。如果喜欢这个环境，"安缦"也建有一些别墅让私人购买。

闷起来可以到附近的渔村散步，在那里看到很特别的"圆船"，就是一个巨大的竹笋，外面涂上漆，不会进水，只是不懂得往哪个方向划罢了。

服务上还有些不完善的地方，到底，从开张到现在不过几个月，有待一步步改善。在安缦集团的管理下，是绝对做得到的。

印度没有咖喱

一说到咖喱，就联想起印度。但是你去了印度，或到世界上任何一家印度餐厅，都没有咖喱这道菜。他们分成奶油浸肉（KORMA）、咖喱番茄炖肉（ROGAN JOSH）、印度土豆花菜（ALOO GOBI）等，把各种香料舂碎了，加油慢慢煎出香味，再把鱼、肉或蔬菜加进去，煮至熟为止。

但一定要研究咖喱（CURRY）这个名字的来源，那么也只有追溯至南印度——有种用香料做的酱汁，叫"KARI"。这是帕米尔语，一切可以下饭的酱，都以此称之。

而咖喱（CURRY）这个字是英国人所创的，葡萄牙人则叫为"KARIL"，写在他们17世纪的菜谱中。英国人的文字记载早过他们，在1598年已有。

我去了印度，一直追问他们：为什么会发明咖喱，咖喱的出处在哪里？没有一个美食家或学者回答得出。直到在巴士上，遇到一个小子，吃着像咖喱饭的午餐，他回答："咖喱是防腐剂呀。"

我才恍然大悟！当然，印度百姓日出而作，日入而息，在那种炎热的天气之下，没有冰箱，家庭主妇做的菜，一定会变坏。只有咖喱，才能保留到晚上。

小时在新加坡的菜市场，也看到印度妇女在卖咖喱，并非当今的玻璃瓶咖喱粉，或者一包包即食的咖喱酱，小摊子卖的是咖喱的原形。

用一个大石臼，不是凹进去那种，而是一块长方形平坦的花岗石，另有一条大石棍，两头尖，中间粗。小贩把香料放在石板上，双手用力推着那条石棍，反复地将香料一面磨碎，一面放些煮熟了的豆子进去，再加水，这么一来，就可以制造出香料膏来。

有哪几种呢？芫荽、孜然、芥菜籽、胡芦巴、罗望子、肉桂、丁香、小豆蔻和青红辣椒，这就是基本，所有的咖喱都从这几种香料变化而成。

彩色缤纷，极是好看。客人来买小贩就拿了一块铁板，在原料膏中刮一些给你，价钱极便宜，又是现磨出来，闻得到香味。

回到家里，下油锅，加切碎的洋葱，把咖喱膏爆香，然后便加食材，炒至半熟，再转个大锅加水，慢慢地煮熟，咖喱即成。咖喱番茄炖肉（ROGAN JOSH）加了大量的奶酪，奶油浸肉（KORMA）加腰果酱糊，印度土豆花菜（ALOO GOBI）用了西红柿酱，后来英国人还加烈酒去煮呢。在英国，咖喱已成为他们的国食。

咖喱这种饮食文化传到了印度尼西亚，再从印度尼西亚来到马来西亚，中间的变化是加了浓厚的椰浆进去，所以这一派的咖喱非常香浓，又加大量辣椒，刺激得很。

传到了泰国之后，演变为青咖喱和红咖喱，前者煮鸡肉了，加了青辣椒、香茅、大蒜、黄姜、柠檬叶、芫荽籽、茴香和罗望子。除了鸡，还下小茄子，是泰国特色。这种小茄子只有指甲般大，但茄味十足。红咖喱主要是用来煮海鲜，加多了西红柿和虾米酱，其他香料大致相同，小茄子也不可减少。

早期在中国香港吃到的都是巴基斯坦咖喱，由英国军队和警察局的巴籍厨子传过来，他们的咖喱是不放椰浆的，只是把现成的咖喱粉（装在玻璃瓶子的那种，老香料店还是有得出售），炒大量的洋葱，再加水把洋葱煮烂为止，所以咖喱汁有特别的甜味。到现在，如果经过巴基斯坦式的咖喱专卖店，门口一定看到堆积着一大袋一大袋的洋葱。

南洋人煮咖喱鱼头时，也加了秋葵，这种称为"淑女手指"的蔬菜，煮烂后黏性很强，好吃的是它的种子，一粒粒喂满了咖喱汁，细嚼后在嘴里爆炸，非常美味。

在发明拉面的20世纪60年代，日本人也染上吃咖喱的风气，拉面最初叫中华拉面，而咖喱则叫爪哇咖喱。刚开始的咖喱一点都不好吃，一味是甜，咖喱粉下得极少；又因日本人不会吃辣，以糖代之，故愈来愈甜，极为难吃，有爪哇名而无爪哇味。

但他们有精益求精的精神，而且海外旅行者渐多，吃辣的口味养成，当今超市卖的咖喱酱包中有种叫"LEE"的牌子，最初是辛味"×2"（他们没有辣字，以辛代之），那是辣味变加倍，后来"×5""×10"，现在"×50"的产品也出现了。

韩国人对咖喱还是难于接受，虽然他们也爱吃辣，但首尔不见有什么咖喱饭店，不过，近年来愈来愈多的人爱上了咖喱。我的徒弟阿里巴巴也非常喜欢，我到了日本就买"×50"的"LEE"牌咖喱给他。他收到后自己还再加辣，才说过瘾。

咖喱的确是好东西。我在旅行时，如患了感冒，一点胃口也没有，但不吃饭没有抵抗力，这时只有在酒店叫咖喱饭，才勉强吃得下，体力恢复后又是好汉一条。

我一直主张，飞机餐应该有咖喱饭，在空中什么都不想吃，见到咖喱才可以吞几口。从前有家日本航空的老总是我朋友，请我设计飞机餐，我即刻加了咖喱，结果不出所料，大受欢迎，可惜公司后来被全日空收购去，在飞机上再也吃不到咖喱了。

不丹之旅

不丹，和中国的台湾差不多一样大，三万八千多平方公里。一个打横，一个打直。人口，中国台湾地区有两千多万人，不丹只有七十多万人。

不丹有"树木最茂盛的国家"之称。法律规定，每砍一树，必得种上三棵树来抵偿。但一路上看的，还是枯枯黄黄的感觉，不像中国台湾地区那样，整座山都是绿色的。这都是亲自观察、比较，才得到结果。不丹，像不像外面传闻那样，是全球生活快乐指数最高的一个国家呢？

我们从赤鱲角起飞，经曼谷，转乘"雷龙航空"，中途还停了一下孟加拉国加油，才抵达这个山城。说是山城，不如说山国。不丹整个国家都藏在山中，从一处到另一处，非得经过弯弯曲曲的山路不可，唯一平坦的道路，只有帕罗（PARO）机场的飞机跑道。

帕罗机场是唯一和外界接连的机场，国内也有航班，从西至北，班次极少。跑道在山与山之间，降落时有点像从前的启德，以高山代替了大厦。

踏入不丹，就会发现空气并不如传说中那么稀薄，不像去了九寨沟患上高山症。不丹没有问题，大家想去的话，也不必担心那么多。

要注意的反而是看你会不会晕车。马来西亚的金马仑高原那段路，和不丹的山比起来，简直是小巫见大巫。我们在不丹这八个晚上九个白天的旅程中，在车上过的时间真多，不停地摇晃，刚想睡上一刻时，即摇醒。怕走山路晕车的，还是别去了。

从帕罗机场到第一家酒店，位于首都廷布（THIMPHU），虽说只要一个半小时，也坐了差不多两个多钟的车。那边的导游没什么时间观念，照他所说的加上一半，就是了。

全程入住当地最好的安缦酒店，每两晚换一家。大堂、客厅和餐室各不同，房间的格式倒是差不多的。这系列的酒店有一特点，就是一眼望不到，总是要经过山丘或小径才能抵达，像走进一新天地。

建筑材料尽量用自然的，石块堆积的广场、原木的地板、一片片的草地，衬托着远处的高山，巅峰积着白雪，直插入天的老松树。

窗花不规则，太阳一升起，在白墙上照出各种花纹，仔细观察，像一部经书。这些情景不能用文字形容，我拍下照片放在微博上，各位网友看了也惊叹说和梵文一模一样。

这一家一共有十一间房，再下去的两个酒店只有八间，最大的在帕罗，有二十四间。舒服的大床，浴缸摆在中间。最有特色的是个火炉，有烧不尽的松木。不丹早晚温度相差甚远，晚上生火，相当浪漫。其他设备应有尽有，就是不给你电视机。

下午活动可到镇上一走。所谓的镇，不过是几条大街，布满货物类似的店铺。如果你觉得不丹是落后的，那么你不应该来，到这里，就是要找回一些我们失去的淳朴。

吃饭时间，先有喝不完的鸡尾酒。传说不丹禁酒，其实没有，机场也卖，还有当地白兰地、威士忌和啤酒呢。前二者试过，不敢恭维。啤酒有好几种牌子，最浓也最有酒味的叫二万一（TWENTY ONE THOUSAND），不错。

三餐酒店全包，吃饭有不丹餐、印度或泰国餐及西餐的选择，虽无中菜，也不感吃不惯，反正有白米饭，配一些咖喱，很容易解决。到了这里，不应强求美食。

翌日上午到一间庙走走，下午安排了一个散步活动，在平地上走个三小时左右，这是让你热身的，再下去就要爬山了，运动量很大，体力不够的人还是别参加，不然会拖累同伴。来不丹，应该趁年轻。

再睡多一夜，就往下一个目的地岗提寺（GANGTEY）走，绵延不绝的山路，弯转了又转，何时了呢？问导游，回答说全部车程六个小时，喔唷，那就等于九个小时了，不会走那么多路吧？一点也不错，连休息，一共是十个小时以上，要了半条老命。

沿途的风景相当地单调，无甚变化。偶尔，在灰黄的山中，还看到一些大树，长着红花，应该是属于杜鹃科。杜鹃在不丹的种类最多，可以在路经的国家植物园中看到数十种。

为了破除路途上的乏闷，我准备了很多零食，加应子、甜酸梅、薄荷糖、陈皮、北海道牛奶小食、巧克力等等，又把长沙友人送的绿茶浸在矿泉水中过夜，十多小时后色香味俱出，可口得很。我不知丹宁酸是否过度，也不管那么多了，用纸杯分给大家喝，我自己则用那 TIGER 牌的小热水壶泡了一壶浓普洱，慢慢享受。

为了赶路，也不停下来吃午饭，酒店准备了一些俱乐部三文治，糊里糊涂吃了。车子不停地摇晃，坐得愈来愈不舒服，也只有强忍下来。

到了一处，导游说前面的山路要爆大石，得停下来。问等多久，回答半小时。唉，有一小时没事可做了。正在发愁，导游果真细心，拿出一张大草席，铺在石地上，另外从座位取出枕头来。

前一晚没有睡好，又已经八小时车程了，看到那平坦的地面，不管多硬，就那么躺了下去，果然睡得很甜。如果在这种环境能够入眠，还有什么地方不能睡呢？

岗提寺处于一个山谷之中，周围也没有什么好看的。此地盛产薯仔，大大小小的各个不同种类，喜欢马铃薯的人一定会高兴，但我一向对这种俗称为土豆的东西没有好感，怎么吃，也不觉得味道会好过番薯。 当晚的薯仔大餐我可免则免， 见菜单上有鳟鱼， 好呀， 即点。

一路经过的清溪不少， 鱼也多， 一定不错吧？ 一吃， 我的天！ 一点味道也没有！ 原来不丹人主张不杀生， 一切肉类， 包括鱼， 都是冷冻由印度进口， 供应给游客， 自己不吃。

要钓吗？ 可以， 向政府申请准许证， 外国人特许， 不过我们不是来钓鱼的。

酒可以喝， 烟就不鼓励了。 抽的人不多， 年轻人去印度学坏了， 回来照抽不误， 但会遭到同胞白眼。 至于大麻， 当今不是季节， 否则到处生长， 很多游客自采， 像吃刺身燃烧吸之， 政府也管不了那么多了。

从岗提寺北上， 看整个行程最值得看的普纳卡堡（THE PUNAKHA DZONG）， 就在一条叫父河和一条叫母河的交界， 在 1635 年建立， 几经地震和火灾， 丝毫无损。 寺庙的宏伟令人赞叹， 巨大的佛像安详， 皇族的婚礼都在这里举行。 大庙中几百个僧侣一起敲鼓打钟之声音也摄人心魂， 在这里的确能感受到密宗的神秘力量。

看完庙后， 酒店依照我们的要求， 在河边设起帐篷， 来一个烧烤， 一切餐具都是正式的， 喝酒的玻璃杯， 吃东西的瓷器碗碟等均有。 这个野餐真是不错， 要不是苍蝇太多的话。

餐后， 酒店员工们展示不丹的国技——射箭。 他们的弓是用两根木条拼成， 得用相当的力量才拉得开， 箭抛弧形地向上发出， 不容易掌握。 模式和工具不同， 又没有大量经费支持， 这个国技至今还打不进奥林匹克。

普纳卡（PUNAKHA）的安缦酒店是由一座西藏式旧屋改造，当年是贵族居住的，建于山中。我们得爬过吊桥，再乘电动车才能抵达。这里环境优美，房间舒畅，为最有特色的一家。虽然和岗提寺那家一样，只有八间房，但这里的有气派得多。

不丹是一个山国，老百姓住在哪里？当然是山中了。看到一间间的巨宅，根本就没有路把建筑材料运到，全部要靠人工背上去，可见工程之浩大。

那就是贵族或地主生活的地方，一般人只有建在公路旁边，但也得爬上山，没那么高就是。这一间那一间，虽然简陋，但有这种小屋居住，已算幸福。

电视的接收，引起人民对都市的向往，地产商脑筋最灵活，开始筑起公寓来，所谓的公寓也不是很高，七八层左右吧。因为国家的法律，所有的窗门还是要依照不丹式建筑，这一来把西方高楼和不丹低层楼搞乱了，变成非常非常丑陋的样子，但很多人都想涌进去住，大家挤在一起，买起东西来方便嘛，小小区就那么一个个地出现了。

我们的最后一站，折回有机场的帕罗，经过用针松叶子铺成地毯的小径，又听到流水声，就到房间。

我把从香港带去的方便面、午餐肉和面豉汤全部拿出来，大家吃得高兴。

来帕罗的目的是爬山。最著名也是最险峻的"虎穴"（TIGER'S NEST）就在这里。虽然设有驴子可以骑，但只到一座山上，另外还是要靠自己爬上爬下，才到达其他两个高山寺庙，不是一般人可以吃得消的。

　　真的值得一看吗？ 也不见得。 爬了上去， 再不好看也说成绝景了， 而且这里的空气， 也不是特别的清新。 通常到一个山明水秀的地方， 我们都会感受到的灵气， 在不丹是找不到的， 一切都被旅游书夸大了， 这也许是我个人的观点。

　　如果你是一个购物狂， 那么导游都会劝你， 到别的地方去找，到了帕罗才有东西可以买。 而买什么呢？ 一般游客都会选一些带有宗教神秘色彩的手工纪念品， 精明一点的购物者就会去找冬虫夏草了。

　　这里卖得比西藏还要便宜三分之一， 但我们都不是中药专家， 货好不好也分辨不出， 价钱更是不熟悉， 当然不会光顾了。

　　没有特别想要的， 在一家家的工艺品店找找有没有手杖卖。 买一支给倪匡兄。 找来找去， 都不像样， 有些还是中国内地做的木雕花杖。 走进一家小店， 店主听完之后拿出一支。

　　一看， 是桦枝杖。 我们看到的桦树以白桦居多， 不丹有红颜色的， 还很漂亮， 样子又自然， 预算四五百块也可以出手时， 店主说："送给你。"

　　不行呀， 又没买什么。 不要紧， 不要紧， 本来是买给父亲用的， 但老人家一看到手杖就摇头， 放在店里也没用， 就给你吧。

　　真是感谢这位好客的古董商。

　　幸福吗？ 不丹人。

　　联合国调查中， 列为全球幸福指数最高的居民。 脸上笑容不多，失业率还是高的， 在山中的生活并不容易。 看见一位年轻妈妈， 背着已经长大的儿子， 还要爬上山去， 脸上的表情， 是无奈的。

...

迪拜之旅

忘记这是我第几次来迪拜了，最初只是转机，顺道一游，都市还未成形，后来又专程来拍电视特辑、带团旅游等等。此行是与友人到希腊小岛，他们没来过，也就顺大家意停几天，想不到回程遇中国香港台风"天兔"，被迫一连住了两晚。

上回在所谓的七星帆船酒店下榻，印象极坏。根本没有七星这种评级，旅馆最多是五星罢了，六七粒的都是自己安上去，没人承认。

房间不豪华吗？绝对不是，浴室中的爱马仕（HERMES）化妆品都是一大罐一大罐，在外面买的话算起来最少已两千多元港币。讨厌的是一进大堂侍者就排成一大排，又递冰冻毛巾、热茶水、巧克力和一大堆蜜枣，进房间后再送上吃的喝的，问长问短不愿走，每个人十块钱美金小费。几天住下来，这笔钱也着实不菲。

一切都是用钱堆砌出来的，假得要命。说是水底餐厅，要乘潜水艇才能抵达，也不过是放映水中影片的窗户罢了。

好在，这一趟，入住世界最高的哈利法塔（BURJKHALIFA），有162层，总高828米，比台北的101大楼还要高出320米。哈利法塔由韩国人建造，在沙漠中起那么一栋高楼，也实在服了韩国人。但它也被外国人讥讽为巴比伦塔，大家也知道巴比伦塔最后的结果如何。

在哈利法塔的第37层以下，建立了世界首家阿玛尼（ARMANI）酒店。最初以为会像帆船酒店那么豪华奢侈，下榻后才知朴朴实实，摒除了所有干扰客人的坏习惯，装修也在平凡中见高贵，一切用具当然是大都市中的阿玛尼家具店见到的东西，住得很舒适的。

友人成群结队地乘电梯到最高层展望，我没有兴趣，知道沙漠中经常有风暴，整个都市被风沙笼罩，不去也罢。果然，他们也什么都看不到，失望而返。

到过几家餐厅，都吃不到特别的。近年经济低迷，各种建筑都停了下来，名餐厅的分店也是客人零丁，反而是到了一家黎巴嫩人开的餐厅，叫了几客生羊肉还吃得下去。只是苦了一些怕羊的友人们。

生羊肉的做法并不是切成一片片，而是用搅拌机打成糊，也就是我们这些"羊痴"才吞得进口。最后也剩下几碟，请餐厅拿去烤一烤，但做出来是无滋无味的。

白天观光。导游是个爱国分子，遮掩不景气的事实，说那棕榈岛的豪宅卖得很好。我们读国际新闻的，都知道滞销，购者都等着出手。

在另一头又新开了世界最大的亚特兰蒂斯酒店，说有好几千间房。要是中国人开的话一定不会取这个名字，因为亚特兰蒂斯是沉在海底的。

里面有世界最大的酒店水族馆。在迪拜，什么都要世界最大才甘心，而最豪华的，莫过于浪费最大量的水。在这个终年不下雨的国度，海水淡化是最高的消费，到处可以看到喷水池，又有水喉喷水到树叶上，才能看到绿色。

世界最大的黄金市场也在这里，我上次去过，看到用金线织出来的衣服，这回也不肯再去了。古董店卖的都是假东西，我们住的酒店内也有大到走不完的商店街。还是省下气力，在酒店做做水疗算了。

如果说在当地购物，最可观的还是机场的卖酒商店，在那里可以找到多瓶陈年单麦芽威士忌。友人都是名酒专家，知道与其他城市或机场的价钱一比，还是贵出许多，但奇货难找，还是值得买，反正过几年一看，肯定变得便宜，好酒是喝一瓶少一瓶的，不像钻石那么持久。

第三机场是世界最大的单一建筑，专门建来给空客 A380 起降。我们这次来乘坐的是普通机种而已，但头等机舱是用套房为名。所谓套房，是个可以用电动门来开关的一个庞大的空间，里面当然有迷你酒吧。但最过瘾的是一关门，没人看得见，可以脱光光睡个大觉。

候机楼也极其豪华，食物都是一般，可贵的是登机门就在里面，不必再走出去，一进门就到登机闸口。

虽然什么都有，但我们回程遇到台风，本来可以在里面做按摩或睡觉冲凉，好彩坚持住酒店，阿联酋安排的万豪国际（MARRIOT），以为只是四星罢了，到达后才知也是又大又豪华，有好几家餐厅。先在半夜也开着的法国餐厅"医肚"，但东西还是难吃到极点。

住一晚就走，将就一点吧。哪知第二天也飞不了，又得留下，吃什么呢？阿拉伯菜已不敢领教了。这次出门，从迪拜飞雅典，乘船游希腊，回来再去伊斯坦布尔住几天。大家走后，我又和友人飞到波兰华沙去吃东西，全程已22天，一餐中国菜也没吃，算是厉害。见万豪国际里有家"泰国菜"餐厅，直流口水，可惜当晚被包场，只有找到酒店中的印度菜餐厅。

哪知，这是家伦敦的印度菜名餐厅的分店，点了四种菜，竟然是我人生中吃到最好的印度菜。终于，在迪拜留下最好的回忆。

...

希腊之旅

从迪拜， 我们飞希腊首都雅典， 全程五个多小时。

这趟是选了一艘叫"TERE MOANA" 的邮轮， 原因是对它的姊妹船"PAUL GAUGUIN" 印象极佳， 上次去大溪地乘过。 船不大， 坐约一百人， 可以停泊在希腊的各个小岛。 美国大公司的"怪物"， 就停靠不了了。

在雅典停了几天， 于雅典国会前的广场酒店下榻， 是市中心，出入也方便。 从旅馆高层的露天餐厅， 就能直望雅典卫城 (ACROP-OLIS) 的古迹。 说是神殿， 其实是围墙的遗址， 日出日落， 把这个雅典的地标照得极美。

第二天就爬上去看个仔细。它在山上，好像不易攀登，但车子可以到达山下，慢走的话，不算辛苦，整个希腊也只剩下它保留得最完整。希腊政府虽穷，也不停地洗刷，真不知道为什么要这么做，旧就让它旧吧，我们不是来看新的，要维修也得经济好的时候去做。

很难想象它是公元前6世纪建的。大理石的巨柱，是一个个圆形的石雕叠上去，那种建筑模式影响了古罗马，也被整个欧洲和美国抄袭。

来到雅典也只有这座卫城值得看，如果有人叫你去海神神殿，那得坐好几小时车，建在海岸上，只剩下几根柱子，只有失望。

还是关注希腊人现代的生活是怎么过的。每天街上都有示威，幸好我们早走了几天，不然遇上全国大罢工就倒霉了。为什么那么爱游行？不必工作嘛，示威当成有薪假期。

政党为了讨好人民，这一派减少一个工作日，那一派为了要赢，再减少一日。当今人民每星期只需要做三天半的工，政府不破产才是怪事。

到了晚上，大家照样聚集在廉价餐厅，挤满的客人，也不一定全是游客。灌啤酒，吃块比萨，欢乐了整夜，我们走进不少著名的餐厅，没有一顿留下特别的印象。

希腊菜不是烧就是烤，就连看到的美食节目也并不特别诱人，大量的蔬菜，淋上橄榄油。海鲜也多，八爪鱼尤其受欢迎，也不奇怪，他们的八爪鱼品种不同，不管怎么做也不太硬。

好吃的是坚果，到处贩卖，开心果最爽脆，还有刚应节的核桃，是柔软的，可当水果吃。如果你对这些有兴趣，那么雅典的菜市场绝对可以走一走。不然，有条古董街也值得一去，旧家具卖得十分便宜，其他说什么从海底打捞出来的古物，没有一样是真的。

国会前，每小时有一次的守卫交更仪式。卫兵们穿的制服没有一点希腊味，戴的帽子更像土耳其人的，鞋子前面有个大绣球，看起来像唐老鸭女友穿的，更换的步伐缓慢，一点也不威严，只觉滑稽。

我们还去看可以坐几万人的奥林匹克运动场，新建的，也就那么一回事，不如到阿迪库斯剧场（HERODES ATTICUS THEATRE），还可以发怀古幽思。

总而言之，雅典是个乏味的都市，要真正接触希腊，也唯有航行往小岛去。

"TERE MOANA" 号虽说小，也有五层，上船后依惯例有欢迎酒会，以及免不了的预防意外演习。餐厅有三间，全场禁烟，但也有一处允许，船长问有多少个烟客，举手的也不过三五人。当今，吸烟人的确减少了。

安顿下来后，傍晚出航，沿着海岸线的关系，也不摇晃。晚饭在意大利餐厅，饮食当然丰富，但不是什么值得一提的。外国人有句话，说没有可以写信回家报告的。

我们此行会停以下各处：希腊的提洛岛（DELOS）、圣托里尼岛（SANTORINI）、罗德岛（RHODES）、帕特莫斯（PATMOS）及土耳其的库萨达斯（KUSADASI）、恰纳卡莱（CANAKKALE），最后在伊斯坦布尔上岸。

"这就是爱琴海吗？" 我无知地问，"和地中海有什么分别？"

"问得好。" 主管娱乐的英国人 TOM 回答，"爱琴海就是地中海的一部分， 希腊人都称为爱琴海， 听起来也浪漫一点。"

如果你去过那么多希腊海岛， 回来之后一定会搞得不清不楚， 但是希腊人说， 那么多岛， 总有一个让你爱上的， 你只要记清那个就是了。

我们第一站是提洛岛， 之前已安排好有私人导游和各岛的专车接送。 乘邮轮时这个钱绝对不能俭省， 一定得花在这种叫"PRIVATE EXCURSION" 的私家导游团上， 否则细节说得不够清楚， 玩得也不尽兴。

提洛岛除了考古学家之外， 并无住民， 这个古代的商业都市已完全荒废， 但可以从许多古迹中看到它当年的繁华， 商店、 别墅、 剧场、 妓院， 应有尽有。 公元前 3 世纪已有排污设施， 较许多当今落后的村庄还要文明得多。

导游一一解释， 同船的美国人， 跟着大伙参观， 看见我们的待遇颇感不平， 向我们问为什么你们有我们没有。 本来对着这些"乡下八婆" 可以不睬不睬， 但当她回船还向职员抱怨时， 终于忍不住，向她说让你忌妒到死为止。 中文不够传神， 英语作"EAT YOUR HEART OUT"！

那么多的希腊小岛， 最受游客欢迎的， 大家公认是圣托里尼岛。从邮轮望去， 只见悬崖峭壁， 山头被一层白雪盖住。

原来这是重叠着的房屋，被蓝天衬托着。希腊建筑，全是蓝色屋顶白色的墙，有如它的国旗，只有蓝白二色。

游览车依着弯曲的山路，爬上顶峰，看了下来，只是蓝白二色的房子和永远的青天白日。希腊一年之中只有数天下雨，如果你遇到阴天，那是中了彩。

这个岛教堂最多，他们信的是希腊东正教（GREEK ORTHODOX），印象中是一堆戴顶圆帽，留着大胡子，手提香炉的传教士不停地念经。所建教堂和天主教、基督教也完全不同，在圣托里尼，大家记得是一个顶上有三排大钟的。第一排一个，第二排三个，第三排五个，当然又是蓝顶白墙，这一点永远不变。

圣托里尼的村子建在山峰上，得一路爬上去，你如果体力不够。可以骑驴。有只驴在胸口挂着一个牌子，写着"TAXI"，真够幽默。

从山峰上望下，有许多别墅和咖啡馆餐厅，还有蓝色的游泳池。继续爬崎岖的山路，不少手工纪念品店，各有风味，并不千篇一律。又看到一个风车，已没叶，剩下骨干。各处，还有不断出现的猫。

圣托里尼的猫最多了，很多人还出版了各种不同版本的猫书。猫、蓝顶、白墙，成为不能磨灭的印象。

另一处，是繁华的购物街。从中国香港去的游客，也没有什么看得上眼的纪念品，乘了缆车下山返船。

船上餐厅的东西，几天下来也吃厌了，我们这群旅行老手知道怎么办，第一天就塞一百美金给餐厅主管，另又给总厨充足的小费，就什么都容易说了。 在岛上我们看到市场中的蔬菜就买下， 返船后交给厨房， 请他们用鸡汤煮了， 当晚就有中式菜汤喝。 自己又带了一大袋的榨菜、 拉面和酱油， 不愁吃不好。

餐厅当然没有什么好酒， 当地的"OUZO" 饮不惯， 大家都爱喝单麦芽威士忌， 各买数瓶佳酿， 从傍晚就开始， 搭配着在雅典买的开心果， 大喝起来， 到了晚餐已醉， 差一点的食物也变成佳肴。

又去了另一小岛， 还是蓝顶白屋， 地方是留不下印象， 最重要的还是人。 在罗德岛遇到的导游年轻漂亮， 她不断地提到安东尼·昆在这岛上拍了一部叫《六壮士》 的电影， 这个岛， 应该叫"安东尼·昆岛"。

按照希腊人说的， 那么多岛， 一定有一个值得爱上的话， 我喜欢的， 叫帕罗斯（PAROS）， 而令我爱上它的， 是导游VAL。

VAL， 就叫阿维吧， 不是希腊人， 而是来自德国。 德国和希腊有很深的关系， 居住于德国的希腊人也不少。 阿维年轻时来到这个小岛， 就不回去了。

年纪应该有五十多了吧， 乌丝之中有一大撮白发， 样子长得和范尼莎·雷德格雷夫（VENESSA REDGRAVE） 一模一样， 长年不用化妆品的关系， 皮肤已被强风吹得粗糙， 虎牙有一颗剥脱， 也不去补了。

阿维不像一般导游， 讲解不是背历史和地理。 她说你看到那座教堂吗？ 旁边是另一座尼姑庵。 传说中有一条隧道， 是修道士和尼姑一齐挖掘的， 不知是谁更努力。

岛上有一座大理石山， 生产的石头最完美， 爱神米罗像也是用这里的石头雕出来的，拿破仑墓碑也是。大理石很容易燃烧，烧出来的石灰用来涂墙，最为平滑，也不会被风沙腐蚀。

当我问那么多小岛，为什么你会在这里留下时，她回答，喜欢岛上人民的风俗。死后埋葬三年，挖出骨头后用美酒洗得干干净净，放在一个盒子里面，再装入小屋，家族可以住在一起。后人把先人喜欢的东西放在盒中，当成祭品。

阿维自己的家没有水电，煮食靠烧木材。你知道用不同的木头烧出来菜有不同的味道吗？水呢？自己挖一口井取呀！

在那岛上，她带我们去吃了一顿最美味的大餐。那是用羊的内脏裹成一团，再用肠子绑扎，放在炭上花好几小时烤出来，再剁成碎片来下酒。

最喜欢喝的是有个 A 字牌的啤酒，我试了，的确不错。最爱抽的是希腊香烟，叫 GR，一包有二十五支。我向她要了一根，是土耳其系烟叶，浓似小雪茄，便宜得很。

上船的时间到了，她还坚持带我们去一个小渔村，晒满八爪鱼干，有个咖啡店，全是蓝色的桌椅，望着蓝色的海。

知道我也写作时，阿维指着山上的一座建筑，本来是家很有味道的旅馆，当今游客都去住海边的，荒废了。这个岛的政府把它改装成写作人休息处，供天下的作家，以象征性的租金长住，只要把自己的作品呈上，就可以申请到住下来的权利。

心中，向往。一天，回到帕罗斯岛来吧，到阿维家做客，吃她做的菜，喝 A 字牌啤酒，抽 GR 烟，聊我们聊不完的人生旅程。

土耳其之旅

我们的邮轮，从最后的一个希腊小岛启航，翌日到达土耳其的库萨达斯（KUSADASI），是个大学城，挤满了年轻人，看到他们的活力，但整个海港并不有趣。

过一夜，再停土耳其的另一港口，叫恰纳卡莱（CANAKKALE），这个地名对你来说也许不值得记得，但依照荷马写的《伊利亚特》（ILIAD），这就是特洛伊（TROY），《木马屠城记》中的那一个。

从古迹变为旅游点之后，当然很愚蠢地搭了一只不小不大的假木马，又叫些人扮演战士，表演一番。既然来了，看一眼就走。

恰纳卡莱的另一名胜是加里波利（GALLIPOLI）， 听到这名字澳洲人就满腔热泪， 第一次大战时死了不少澳洲兵。 我们知道此事便是， 不必再去看古战壕了。

如果对购物有兴趣的话， 这里有政府资助的地毯学院和工厂， 可以买一两张。 见识过各种地毯后， 你便会发觉有一家叫 CINAR 的做得最精细。

船继续开， 我们在伊斯坦布尔上岸。

这个横跨欧亚的大都市， 来过好几次， 最显眼的是一座大桥， 桥的左边是亚洲， 右边是欧洲， 很多人在桥上钓鱼。 钓鱼， 好像是土耳其人最大的乐趣。

我们是来吃东西。 此行十多天下来， 我们终于吃到最满意的一餐， 是家叫 ASITANE 的餐厅。

在幽静干净的院子里的橄榄树下， 第一道上的是招牌菜羊肉汤， 里面有煮得烂熟的羊肉块， 加洋葱、 蜜枣和无花果干， 慢火熬出来， 汤极浓极香甜， 连不肯碰羊肉的朋友也大赞好喝， 从此爱上。

再下来是用一个蜜瓜， 把肉碎酿了进去， 焖熟之后把瓜当成碗上桌， 肉碎之中有软熟的开心果、 葡萄干、 小米饭和各种香料。

羊腿是裹在整个面包里焗熟的， 肉不必咀嚼， 溶化在口中。 这些都是奥斯曼帝国年代遗下的古食谱， 那么辉煌的一个王朝， 不可能没有美食。 当今一般的土耳其菜， 只剩下肉片重叠后烤出来的土耳其烤肉（KEBAB）， 真是罪过。 好东西不去找， 是不知道的， 不能凭一两种便宜食物， 就以为是整个文化。

吃饱， 就去看名胜了。

索菲亚大教堂是非常值得一看的，"SOPHIA"在希腊文中是"智慧"的意思。

最令后人惊叹的是那么大的一个圆顶，竟然可以没有柱子支撑！学建筑学的人，都要去朝拜，搭这圆顶的并非建筑家，而是由希腊科学家和理学家计算出来的。

经过伊斯兰教统治，壁上许多神像都被石灰涂掉，代之的是阿拉伯文字。现代人才开始慢慢清理，把多幅圣母和耶稣像重现出来。

四季酒店有一座新的，靠海，近来海边建了多家，都没什么味道。我们还是决定在旧四季下榻，它由老牢狱改造，楼顶极高，房大又舒适，最好的是从顶楼阳台直望索菲亚大教堂，每天傍晚在这里喝酒望日落。

早餐不在酒店吃也罢，可以到海边的一家叫KALE的咖啡店去，这里的土耳其香肠、芝士、蜜枣和沙律，好过任何大酒店的目助餐一百倍。

要去的地方都在老四季酒店的附近，走路可到。又去购物，在CINAR伊斯坦布尔的总店中，看见同一条蓝色地毯，全丝制成，反光度极强，可以转变成淡蓝色和深黑色，漂亮得不得了。问价，六万五千美金。友人廖先生是位谈判专家，先由减税开始，降至四万多，再磨完又磨。不买走到附近蹓跶，让店主追来。杀了又杀，我心中认为三万美金已是值得，但廖先生一直保持笑容，坚持不买。

最后，店主投降，以两万三千美金成交。怎么认为是值得？先由织毯高手算起，每人月薪，最低也应有六百美金吧。织这么一张复杂的毯子，最少需要四个名匠，一针一线，需时十个月，也就是两万四美金了，原料不计在里面，也已回本。但是，最重要的，还是自己喜欢。

店主上前握手道谢，在土耳其，一个不会讲价的客人，是得不到尊敬的。

我们又去香料市场买甜品，土耳其甜品被称为"土耳其的喜悦"（TURKISH DELIGHT），已闻名于世，这里简直是甜品天堂，只要你能想象得到的，都能制成。要当甜品师，就像学建筑要到索菲亚大教堂学习一样，一定要来土耳其参拜。

在香料市场，也可以买到上等的乌鱼子。很多人以为只有中国台湾的好呀，你试试上等的土耳其产品，就见高低。

土耳其除了是甜品天堂之外，也是羊肉天堂，到处都有羊肉肉团的烧烤，但是要吃羊头，可到专门店去。有一家最古老的，叫LALE ISKEMBECISI，在 1960 年创业。

100，TARIHI LEKANTA

真不能想象一个羊头有那么多肉，用手剥来吃最豪爽，如果嫌羊脑不够多的话，还可以单独叫一碟羊脑沙律。至于羊舌头，就只有羊头里那一条了。

...

柏林之旅

西欧诸国，我去得最少的是德意志。除了大学之府海德堡。在夏天有《学生王子》的歌剧之外，别的引不起我的兴趣。不过乘这次冰岛之旅，顺道经过，在柏林打了一个圈子，住上三天。

对柏林的印象，来自 CHRISTOPHER ISHERWOOD（克里斯多福·伊舍伍）的《THE BERLIN STORIES》《柏林故事》，也已是战前的故事。现代的柏林，最值得看的，当然是围墙了。

到达之后就往那里跑，我们的导游是位知识分子，他说当年围墙倒下，他是参与者之一，姑且听之。站在已经被敲得只剩下一小片的墙边，不禁唏嘘。

原来，墙是那么薄的！只有一本大城市电话簿的厚度，在恐怖政治手腕下，以为戒备森严，一定是铜墙铁壁，哪知道一下子便被推倒。

在当年的闸口处，摆放着很多张民众起义的照片，导游指着其中之一，说："这就是我！"

看来有几分像，1989年的民族英雄，当今只能当导游，也不免为他难过。

最意想不到的，是我也遇到了一个老朋友，这个老朋友不是人，是一辆车。

在高台上摆着一辆汽车，像个盒子，天下再也找不到那么难看的怪物，也是因为它过于丑，才会记得。

1985年，我去前南斯拉夫拍《龙兄虎弟》，乘空档，跑去匈牙利找申相玉，没有看到。在老友黄寿森的介绍之下，认识了年轻的画家安东·蒙纳。第一次见面，他就是驾了他父亲的那辆车，就是眼前这架"TRABANT"（特拉贝特）车，被昵称为"TRABI"。我们乘着它游了整个匈牙利。

别小看它，这是东德的象征，在物资缺乏的年代中，要买一辆也得等到老为止，所以一到手，大家都会很珍惜，一有毛病即刻维修，又因为机件和构造都简单，通常这辆车可以用上二十八年左右。二手车的价钱，要比刚下地更贵，卖到其他国家，更是被当为宝。

城墙瓦解后，德国人更看重"TRABI"，组织了什么俱乐部、非洲旅行团等等壮举，更有它专用的博物馆，把车子漆得五颜六色，或者学美国人的豪华版改装成一部很长的轿车。

很高兴这位老朋友没有死去， 成为经典， 永存不朽。

看了一眼城墙后， 就应该走了， 这段历史还是不愉快的， 不如看博物馆。 如果你对古物有兴趣， 那么你来对了地方， 柏林的博物馆多得成群， 建于海岸另一处， 被称为"博物馆岛"。

怎么看都看不完的， 来者必得有鲜明的目的， 而我最想看的是一个头像， 三千三百年前埃及皇妃纳拉菲蒂， 保存得最为完整。

纳拉菲蒂在埃及语是天女下凡， 当今看来还是令人不能置信的美丽。 如果你认为蒙娜丽莎是最美的， 那么你应该来柏林博物馆看看纳拉菲蒂。

头像摆在博物馆岛中的"新博物馆" （NEUES MUSEUM）， 除了她， 还可以看到一个古希腊广场， 十分之宏伟， 纳粹德国想重现它来歌颂希特勒， 但都失败了。 我们坐在那石阶上发怀古之幽思， 倒是一桩雅事。

再走进去， 可以看到一座城墙， 全用蓝色的彩砖一块块砌出来。这只是一小部分， 从整个建筑的模型看来， 当年走进来的人应该都看得呆了。

艺术气息不能医治肚子， 从博物馆出来， 就到"KADEWE"去。 未到柏林， 没有人不知道"KADEWE"， 它是"KAUFHAUS DES WESTENS" 的简称， 西方百货公司的意思。

说是百货， 其实万货齐备， 坐落于一古老的建筑物中。 老店于第二次世界大战时遭到破坏， 还有一架美国轰炸机在它的顶楼爆炸，差点夷为平地。 新店在 1950 年才重建， 是柏林重要的地标之一。

我们对购物并无兴趣，最想看的是它位于六楼的食物部。看《美食一生》那本书，世上最佳的食物宫殿，第一名是莫斯科的"YELI-SEYFVSKY"，第二名就轮到柏林的"KADEWE"了。

到底有多大？加上七楼大餐厅，两个足球场那么大！里面的食物应有尽有，各个角落设著名啤酒厂的酒吧兼小食部，爱好者围着它要一大杯啤酒，再到各处去寻找自己喜欢的香肠来下酒。德国人最好此物，种类多不胜数。

我们在每一个酒吧停下，叫一杯试试，之后再往前去，又试另一种酒，香肠已经吃到不能再吃了，这次去找芝士来填填胃。

找到了最多种类的档口，售货女郎表情有点高傲，朋友和我问说有没有这一种的？她听了，知道识货的来了，态度即刻转佳。我们要了五六样后，干脆问她："那你自己呢，喜欢什么？"

她切了一块让我们试，乖乖不得了，这是我们吃过的最美味芝士之一。即刻问明出处，是块"BEPPINO OCCELLI"，储藏十二个月，用威士忌洗濯，颜色带点粉红，是仙人的食物！德国人不介绍自己国家的芝士，反而介绍意大利货，是位可以尊重的食家，脱了帽子向她敬一个礼。

莫斯科掠影

在严冬到访莫斯科，当然大雪纷纷，寒风刺骨，但也好，经过最恶劣的环境，以后其他季节重游，都会觉得阳光普照，这是旅行爱好者的心态。

基本上，俄罗斯已经看不到什么主义色彩，市中心还是看到万国共有的名牌衣服手袋的商店和广告。当地特色，也只有从古建筑中寻找。

洋葱头还是有的，克里姆林宫、红色广场、旧 KGB（克格勃）总部，还有数不清的教堂。莫斯科的历史和文化不灭，旅游，要看你的兴趣何在。

之前已安排好交通工具和导游， 在短暂的时间内， 这两种服务是不能俭省的。 来了一个身穿皮裘的老太太， 样子像《美国人》（THE AMERICAN） 电视片集中的那个间谍， 相当 "长舌"， 不是我喜欢的形象。

美国大集团管理的酒店， 还是住得过的， 但服务精神在俄罗斯还不是人人接受得了。 旅馆人员的水平欠佳， 也少了欧洲人的笑容。放下行李后， 还没到用膳时间，"间谍" 老太婆问："第一站， 去哪里？"

"YELISEYEVSKY（耶利谢夫斯基超市）。" 我回答。 目的鲜明，我要去的是闻名已久的食材店， 开在一间 18 世纪的建筑物中， 从1907 年营业， 所卖的货物是世界上最高级和种类最多的。 从《美国国家地理》（NATIONAL GEOGRAPHIC） 出版的《美食一生》（FOOD JOURNEY OF A LIFE TIME） 的那张照片看来， 简直是一个食物的官殿， 非去不可。

"不如去 'GUM' 吧。" 她建议。

咦， 我差点没有把鄙视的表情显在脸上， 那是 "人民商场"呀。 即刻想起早年的北京、 上海唯一购物去处， 怎能和历史悠久的YELISEYEVSKY 比？

一到达， 果然是气象万千， 林林总总的食物摆满眼前， 连方便面和云南普洱都有。 可是， 为什么没有什么购买欲呢？ 可能是货物给你一种放得太久、 已经是过期的印象。 但鱼子酱和伏特加， 还是高级的。

去克里姆林宫看了沙皇的衣服和兵器之后，车子停到红色广场前面的街上。见一座古老宏伟的建筑，一走进去，才知改装成了最时髦的商场，还有圣诞老人的表演。原来他们的圣诞老人和西方不同，身穿蓝颜色服装，身边还有一个打扮成兔子的年轻女郎和一中年皇后陪伴，不像西方那个那么寂寞。

原来这是已经资本主义化的人民商场。而在里面卖食材那个部分，才是应有尽有，货物也包装得光鲜，人气兴旺，更感觉到样样东西都好吃，更为怪错了那个导游老"女间谍"而惭愧，人家也是拼命想把工作做好罢了。

上了车，我们走过电影学院时，大家聊起《一个兵士的故事》《仙鹤飞翔》，甚至当年的实验电影短片《两个人》。老太太惊讶我对他们的制作有所认识。又经过文人故居时，提到萧洛霍夫的《静静的顿河》、陀思妥耶夫斯基的《罪与罚》、帕斯捷尔纳克的《日瓦戈医生》等，"老间谍"更叫了出来："你知道的真多！"

"经典罢了，都应该读的。"我说。从此之后，我们之间的敌意消除，从她的眼光，也看得出她为了误认我只会吃而感到歉意。

翌日，她带我们到菜市场去，这才是我真正想看的。距离莫斯科市中心二十分钟左右的车程，有好几个相同的菜市场，卖的大同小异，你只要选定一个，叫上朋友或自己搭车去。放心，莫斯科的治安还是相当好的，除非你是一个财物耀目的傻瓜。这种人，到任何都市去，都会把小偷窃贼和灾难引上身。

多数是圆顶的建筑，一走进里面，头上一个大圆圈，挂着照明器具。里面卖的货品，也是那么一圈圈地摆着，吃的什么都有。生活水平提高了， 由乡下和附属国家运来的蔬菜、 水果和肉类， 非常之新鲜。 每种食材， 都像会微笑， 等你来买。

小贩也是乡下人居多， 非常之亲切， 有大量货的话， 都会免费请你试吃。 在欧洲看到的各种蔬菜， 这里都有， 而且价钱非常便宜。 特别的是他们的泡菜摊子， 堆积如山的酸包菜或萝卜丝， 各种青瓜、 西红柿都腌制着， 不仅好看， 味道还来得好吃， 试过的即刻进货。

肉类不乏牛羊鸡， 整只的乳猪出售， 兔子也多。 鱼的种类也无数， 较特别的是他们的烟熏鲟鱼， 大大小小都有。 有种龙虾， 比我们吃的小， 但又大过普通小龙虾， 味道想来必然不错。

糖果摊中有一支支尖头的甜品， 各种颜色， 又有做得像一匹匹布的山楂薄片。 芝士摊中的更令人眼花缭乱， 没有机会一一去试了。

走过水果摊， 小贩把每一种都切下一块给你吃。

想起黑泽明的制片人藤本真澄， 他告诉过我"共产国际" 年代到莫斯科去探班， 两人去一家餐厅， 看菜单上有蔬菜一项， 大喜， 即叫。 侍者即刻捧出， 原来是个泡菜罐头， "波" 的一声倒在碟上。 黑泽明和他看到都绝倒。

相对之下， 与当今的莫斯科， 是天渊之别了。

・・・

普希金咖啡室

我们这次在莫斯科只停留三天，但是吃了三顿"普希金咖啡室"
（CAFE PUSHKIN）。

怎么会？听我细诉。抵达后第一晚去了"国家芭蕾舞剧场餐厅"
（RESTAURANT BOLSHOI），客人都是看完表演后去吃的，品位应该
很高，水平也的确不错，但食物没有留下印象，反而是试了所有的
全俄罗斯最高级伏特加，知道哪一个牌子的最好，这已很难得的了。

第二天就专程去这家闻名已久的"普希金咖啡室"了。名叫咖啡
室，其实是家甚具规模的餐厅，一共有四层楼，地下室是衣帽间。

普希金是最受俄国人尊敬的一位作家和诗人，很年轻就和人家决斗而死去，莫斯科市内有个普希金广场纪念他，餐厅以他为名，更响。

一走进去，的确古色古香，架子是从二楼搭到四楼，全面是书，宏伟得很，墙挂古画，文艺气息非常之重，给客人一个历史悠久的感觉。

侍者都是千挑万选的人才，水平和欧洲大城市的名餐厅有得比，当他们听到我们叫了一瓶"BELUGA GOLD LINE"的伏特加时，已知道懂货的人来了，即刻搬出巨大的冰桶，里面插着被冰包围的佳酿。

接着，拿出一管器具，一头是个小铁锤，用它敲开了封住瓶口的冰；一头是根刷子，用来把碎冰拨开，然后一下子将樽塞起了，倒出一杯浓得似糖浆的酒，这是伏特加最正宗的喝法。大家一口干了，不会被呛住，很易下喉，证明是好酒。

未试过的客人一定会被这仪式吓着，其实"BELUGA"这块牌子的伏特加有数种级数，如果在高级超市买了这瓶"GOLD LINE"，就有这根器具奉送。俄国人也学尽资本主义，把伏特加卖到天价去了。

送酒的，当然是鱼子酱了。这里卖得当然也不便宜，但和西欧比较，还是合理的，而且斤两十足，质量极高。要了一客两千多块港币的，也可以吃个满足和满意。

经常在侦探小说中看到"普希金咖啡室"，俄国走资本主义路线后，黑手党开始出现，"克格勃"也借尸还魂，旧老板当权，哪有不照顾手下的？他们的集中地，就是这家餐厅。我们做游客的，很欢迎这种现象，黑手党才有钱，有钱就会吃，好的餐厅才能出现。

在等待上桌时，侍者奉上一大篮子的面包，有各种形状，掰开一看，竟然全部有馅，野生蘑菇的、羊肉碎的、牛肉碎的、橄榄的、各种泡菜的，应有尽有。香喷喷的刚刚烤出来，单单吃这篮面包，已是美味的一餐。

汤上桌，是个碗，上面有个盖，全是面包烤出来的，里面是俄罗斯汤。当然也有斯特加诺夫（BEEF STROGANOFF）、烤肉串、黄油鸡卷、俄式馄饨等等，精致一点的，有烟熏鲟鱼，是个尖形的玻璃罩子，把现烤的烟封住，中间插着一棵香草，一打开，香味扑鼻，吃一块鲟鱼，是肚腩肉，肥美无比。

鹅肝酱用果冻的方式做出，一层鹅肝、一层猪头肉、一层羊脑，中间夹着啫喱，淋上特制的酱汁。虽然是个冷菜，但无腥味。

我一向对鸡没有什么好印象，这里做的只用鸡腿的部分，外面一层卑尔根和面包粒，肉蒸得软熟，再油炸出来，吃进口，满嘴鸡肉的鲜味。

羊肉用羊肠卷起来，再拿去烧烤。牛肉不是神户的，但也那么多油和软熟，乳猪烤得像一块块的蛋糕，拌着芥末和其他香料做的啫喱吃。

甜品是侍者在桌边做的火焰蛋糕，里面的馅是雪糕，又冷又热，又香又甜。

伏特加开了一瓶又一瓶，当晚酒醉饭饱，问侍者说哪里可以抽烟？他用手指指着桌上："这里！一顿完美的餐宴，不以一根好雪茄结束，怎行？"

要是阻止黑手党大阿哥抽烟，也不太容易吧？我想。

"开到几点？"我又问。

"二十四小时。"他回答。

哈哈，这下可好，酒店的自助早餐，永远是花样极多，但没有一种是好吃的。翌日，我们又来到普希金咖啡室。各种丰富的英式炒蛋、煎蛋、焗蛋、水蛋当然不在话下，最难得的，是午餐晚餐的菜单，都可照点。侍者说："我们的大厨，也是二十四小时恭候。"

当然叫了香槟和鱼子酱当早餐，店里的香槟选择不多，要了瓶"BLANC DE BLANCS"喝完之后，照来伏特加。

临走那晚，去了家旅游册和网上部介绍的"TURANDOT"（图兰朵），装修富丽辉煌，但一看菜单，竟有星洲炒面出现，即刻扔下小费逃之夭夭。好在普希金咖啡室就在旁边，又吃了一餐，而且菜式没有重复，除了伏特加。

"这家餐厅，是不是普希金故居改装的？"友人问。

其实两者完全没有关系。大概四十多年前，有个叫GILBECAUD的法国小调名歌手，跑去莫斯科演出，回到法国后他写了一首《娜塔莉》（NATALIE）的歌，献给他的翻译娜塔莉，歌词是："我们在莫斯科周围散步，走进红广场，你告诉我列宁的革命名言，但我在想，我们快去普希金咖啡室喝热巧克力……"

这首歌脍炙人口，大家都想去莫斯科的普希金咖啡室，到了1999年，有个餐饮界奇才叫ANDREY DELLO，把它创造出来。店名是虚构的，但食物将古菜谱细心重现，真材实料。

有兴趣的话可在网上找，而《娜塔莉》这首歌，也能在YouTube中看到原版。

http://www.cafe-pushkin.ru/

秘鲁之旅

从中国香港赤鱲角机场， 乘半夜起飞的阿联酋航空到迪拜， 要八小时， 睡一睡， 看部电影也就抵达， 并不辛苦。

在迪拜的候机楼无聊， 发了一张照片， 是二楼整层， 大沙发中间的每张桌子， 都有一个巨型的烟灰缸。 我在微博上写道， 是一种福利。

马上有网友看完了问："福利在哪里?"

当今到处都禁烟， 机场中就算有个吸烟室， 也小得似监牢房， 哪有这么大的空间， 让烟民们优雅地抽个饱， 不必有偷偷摸摸的感觉?

四小时的候机时间到了，再乘阿联酋航空飞十六小时到巴西圣保罗。机场商店到处有足球纪念品售卖。但因巴西队在最近输了比赛，穿巴西队 T 恤并非光彩事，无人问津。

这次的三小时等待显得非常冗长，只有吞一粒安眠药，减少痛苦。

终于，在清晨两点钟到达最终目的地，秘鲁的首都利马。当地也有美国大集团的旅馆，但我们选了家颇有风格的"MIRAFLORES HOTEL"。

在巴塞罗那住过一年，略懂西班牙语，"MIRA"是"看"，西班牙人遇到名胜，都向我说："MIRA! MIRA!"所以知道意思。至于"FLORES"，则是"花"。两个字加起来，这一区我叫为"观花之地"，是利马的高级住宅区，临海，筑于悬崖上面，云飘到此，被悬崖挡住，常年灰灰暗暗。当地人乐观，说这种天气之下，生长的鱼特别肥美，我们在餐厅吃了，不觉鲜甜。

睡了一夜，翌日到市集去买纪念品。岩石地板被洗擦得光亮，人们在大街小巷也不乱丢垃圾，发觉秘鲁人是十分爱干净的。

各种手织物，用小羊驼毛（ALPACA）织成的，最为常见。如果说到珍贵，则是一种叫"VICUNA"的骆马毛了，它只有 11.7 微米，有多细呢? 人的头发，则是三十微米。天下最微细的是藏羚羊的毛，但已被全球禁止，穿了它的纺织品在先进国家海关发现，就要没收。当今合法贩卖的，唯有被称为"神之纤维"（FIRBE OF THE GODS）的"VICUNA"了。

这种骆马也是受到秘鲁政府保护, 不过毛不采集的话也自然剥脱, 所以每年一次, 举行了一个叫"CHACCU" 的祭典。 让一群穿着五颜六色衣着的村民, 饮酒作乐, 载歌载舞地走近野生的"VICU-NA" 群, 由大圆圈收缩到小圆圈, 不让动物受惊, 接触之后拿出大把古柯叶子给它们吃。 此叶有镇静作用, 最后才把毛剪下。

"VICUNA" 的毛有长有短, 腹部的最长, 寒冷时它们会用长毛来盖住自己的身体。 但纺织最高级衣着的, 则是用颈部的细毛, 剪下后寄到意大利的"LORO PIANA" 公司去加工。 这家厂做好之后再把部分的毛寄回给秘鲁。 它是具有历史的纺织公司, 也懂得欣赏最好的品牌, 很久之前已发现秘鲁有"VICUNA", 大力资助秘鲁政府开发, 功劳也不浅。 当今秘鲁之外, 就只有向"LORO PIANA" 能买到, 还有一小部分分销给日本的西川公司。

在"观花之地" 的悬崖边, 有一地下商场, 其中一家叫"AWANA KANCHA" 的就有"VICUNA" 围巾卖, 售价是"LORO PIANA" 的三分之一。

在商场中也能找到专卖巴拿马草帽的店铺。 巴拿马帽只是个名称, 实物产于厄瓜多尔。 秘鲁离厄瓜多尔近, 卖得也便宜, 比较起意大利的名帽公司"BORSALINO", 价格简直是令人偷笑。

至于食物, 当今许多名食家对秘鲁的美食十分赞扬, 我们也抱着期待, 午餐去当地最出名的食肆之一, 叫作"PANCHITA"。

CALLE 2 DE MAYO NO. 298, MIRAFLORES

见周围桌子的客人都叫了一杯深紫色的饮品，当然拉着侍者指它一指，对方会意。过一阵子，饮品上桌，试了一口，鲜甜得很。口感也不错，名叫"PURPLE CORN"。问用什么做的，侍者解释了半天，又拿出一根玉米，全紫色的，剥一粒来试，像糯米。这种饮料除了紫玉糯米，还加了橙汁和糖，很好喝，去了秘鲁可别错过。

食物大致上是以烧烤为主，和巴西、阿根廷一样，南美洲等国都很相似。另有番薯和猪肉为馅，由香蕉叶包裹后烤出来粽子。叫的鸡，点黄色酱，像咖喱，但绝无咖喱味，是蛋黄酱，并不特别。

汤也有像红咖喱的，有牛肉粒，分量极大，当地人叫这一道，已是一个午餐。烧烤上桌，味道和口感普通，较为好吃的是烤牛肚。特别之处在于食器，用一个有双手柄的铁锅，里面摆着燃烧的炭，锅上有铁碟，肉类放在上面，不会冷掉。

晚上又去一家叫"LA BONBONNIERE"的名餐厅，各国食家举起拇指推荐，但我们吃来，都觉得甚为粗糙，绝对称不上有什么"惊艳"的。

翌日一早，赶到机场。这次旅行主要的目的是去看新世界七大奇观之一、有"空中之城"之称的马丘比丘。得从利马乘两个小时飞机，才到古斯科（COSCO）。这是海拔四千米的高原，但有了中国西藏、九寨沟和不丹的经验，高山症难不倒我。

飞古斯科的客机很小，一律经济舱，挤满了客人，当然也不至于像电影中那样带鸡带鸭入座。是由当地最大的航空公司——LAN经营的，买的飞机并不残旧，但因为高山气流，一路摇摇晃晃，非常难受。好在只是三个小时，怎么忍也得忍下去。

一下机，脚像站不稳，说不怕高山症，是否有点反应？口很渴，在关闸内有一小店，大家望着"古柯"二字，是做毒品"古柯因"的原料，这里公开贩卖。

西谚说到了罗马，就做罗马人的事，有古柯喝，当然要试试了。档口有一大塑料袋，装满了晒干的古柯叶。给个两块美金，就可以任抓一把，放进杯中。小贩为我加满热水，叮咛："要等到叶子变黄色，才好喝。"

拿着那杯古柯叶水，心急地等待，好歹颜色一变，喝进口，没有什么味道，当地人说可以医治高山症，又不会疲倦，肚子也不会饿，当宝。

对于我这种抽惯雪茄、喝惯浓茶的"老枪"，一点作用也没有，也许是要生吃叶子才有效，就再抓一把放进嘴里细嚼，有点苦，像吃茶叶，但绝对不像他们说的那么神奇。当今，秘鲁商人已经把叶子做成茶包，方便售卖，这么一来，更无神秘色彩了。

古斯科是印加帝国的首都，全盛时期遍地黄金，被西班牙人侵略后抢劫一空，整个古文化也跟着崩溃，异族带来的病菌杀光了所有印加人，这是历史上最大的悲剧之一。当今来到这个古城，虽不至于全是废墟，但绝对称不上是一个繁荣的地方。

一般去马丘比丘的人，多数由古斯科直接上山，但我们优哉游哉，先一路沿着山路，到了一个叫神圣山谷（SACRED VALLEY）的地方。

在深山之中，还真难想象四千米高的地方还有那么大的一条河流，两边种满大树和各种奇花异草，加上那杀死人的蓝色天空，雪山包围之下，简直是一个仙境。

这里有家叫"RIO SAGRADO"的酒店，照字面翻译，是"翠河"。由"BELMOND"集团经营，原本为东方快车组织的一分子，当今分了出来。好在"东方快车铁路"还是保持原名，不然这个优雅年代的名字，就从此消失。

一间间的木屋依山而筑，里面设备齐全高雅，经长途跋涉。好好地睡了一个午觉。黄昏醒来，夕阳反射在河中，一大片的草原，养着三只"VICUNA"骆马，让客人欣赏。

身上挂满当地织物和纪念品的妇人，是一活动杂货店。大家都向她们购物，发现妇女不会心算，更不用计算器，多少美金叽咕了老半天说不清楚。我们旅行，一向是预备好换成当地币值，对方说多少给多少，懒得去和贫苦的老人拼命讨价还价了。

买了一件披肩（PANCHO）。怎么选的？那么多对象之中，选最抢眼的，一定错不了，这是买领带时候得到的智慧。我这件颜色鲜艳。七彩缤纷的，在单调的环境之下增加了变化。黄昏天气已较凉，是御寒的恩物。

散步完毕就在酒店吃饭，这集团的餐厅都有点水平，吃不惯当地食物的话可以叫意大利餐，为了安眠，不吃太饱。

翌日被饥饿唤醒，早餐甚为丰富，有各种水果选择，看到五颜六色的热情果，也忍不住伸手拿了一个。这种东西打开之后里面有像青蛙卵般的种子，一向是酸得阿妈都认不得，但很奇怪，秘鲁的热情果甜到极点，今后有机会大家一试就会同意我的说法。

另外印象最深的，是一大盘白色的小米，前面有片小字，写着"QUINUA"，这是当地名，英文作"QUINOA"，中文是"藜麦"。一路上我们看到公路的旁边，都种满这种植物，是秘鲁人的主食，外地没人注意。

自从美国航天员将其带到太空去吃，这才一鸣惊人。为什么？原来这是一种全蛋白食品，食物可以根据蛋白氨基酸组成分为全蛋白和不完全蛋白两种。人们需要的氨基酸有几十种，其中九种必须从食物摄取，藜麦含有的，就是供应给人体这九种氨基酸，而且完全没有脂肪。换句话说，藜麦只有好处，食极不肥的。

给健康人士知道了，藜麦就成了宝，秘鲁乡下佬日常进食的，卖到超级市场，五百克就要港币一百元。中国内地不能进口，自己种，目前量少，五百克也要卖七十块人民币了。

最重要的是：好吃吗？酒店供应的已经蒸熟后晒干，加上牛奶就能当麦片一样吃。口感呢？一粒粒细嚼，不像白饭或小米那么黏糊。味道呢？也许健康人士说很香，我并不觉有何美味，吃得进口而已，但是愈吃愈感兴趣，在鸡汤中放，当成面或炒饭都行，是此行最大发现。

饭后大家周围去看古迹，我说最大的古迹是马丘比丘，也就留在房间内写稿，疲倦了四处走走，吸一些仙气。

住了两个晚上之后，就出发到火车站，看到一架架全身漆着蓝色的车辆，这是"东方快车"仅存的一部分线路，上马丘比丘最豪华的走法。

　　火车维持当年的优雅，座位宽大舒服，从窗口和天窗可以看到一路的雪山，车尾有个露天的瞭望台，要抽烟也行。餐车最为高级，白餐巾、银食器，红白餐酒任饮，食物则不敢领教。

　　山路上有众多背包旅行者，这是出名的印加路线，要走四天才上得了山。也有高级的，途中设营帐，供应伙食和温水冲凉。趁年轻去吧，我这种老家伙还是乘坐"东方快车"较妙。

　　两三小时后到达马丘比丘的山脚，四处有购物区，但大家已心急爬上去看，等回程再买。

　　这时才发现游客真多，很久以前的调查是每年四十万，现在不止。好在我们有先见之明，订了一辆私人小巴士，不必排队，即刻上车。

　　这条山路可真够呛，回字夹般地弯弯曲曲，你那边看到一落千丈的悬崖，我这边看起来较为平坦。路不平，司机拼了老命疯狂飞车，害怕的人是吃不消的，经过不丹的山路就不担心了。导游说他们一天来回几十次，从来没有发生事故。

　　四十分钟之后终于到达山顶，看到其他车上的游客，有些一下车就作呕。

　　山顶也挤满人，这里的唯一一家旅馆，也是"BELMOND"集团经营，甚为简陋，但我们得在半年前订，才可以住上两晚。

　　门口有几棵曼陀罗树，开满了下垂花朵，此花在倪匡兄旧金山的老家看过，说是有毒。进了门，有两间餐厅，旅馆这边的较为高级，另一头的大众化，有自助餐供应，都挤满了人，整间旅馆只有三十一个小房间。我们的房间有阳台，还不错。

放下行李，心急地往闸口走，又是长龙，门票也不便宜，导游带我们直接走进去，省了不少时间。这次由好友廖太太安排，一切是最好的，还细心地请了两个导游，年轻人由其中一个带头，可以直接前进；另一个留着给我这个老家伙，慢慢爬山，要花多少时间都行。

上几个山坡，马丘比丘的古城就在眼前。第一次看，不得不说非常壮观，在这深山野岭，有这么一个规模巨大的部落，是凡人不能想象的，景观令人震撼。

这就是漫画中形容的"天空之城"了，所谓世界七大奇观之一，只是一堆废墟，另有数不完的梯田。说是很高吗？又未必，只有海拔两千多米，还低过刚抵达的古斯科城。

说古老吗？也不是，马丘比丘建于14世纪中期，是我们的明朝年间，由印加王国权力最大的"PACHACUTI"国王兴起，西班牙人入侵后，带来的天花，毁灭了整个民族，马丘比丘也跟着荒废，直到1911年才由美国人HIRAM BINGHAM "发现"。其实，山中农民早就知道有那么一个地方，太高了，不去爬罢了。

老远来这一趟，还得仔细看。导游细心地指出这是西边居住区、栓日石、太阳神庙、三窗之屋，等等。慢慢地又走又爬，并不辛苦。

进口处，只是一个小石门，并不宏伟，但从石头的铺排，可以看出印加文化中对建筑的智慧，几百斤到上吨的石头，怎么搬得上去？一块块堆积，计算得天衣无缝，一定是外星人下来教导的。

"'马丘比丘'（MACHU PICCHU）这个名字是什么意思？"我问导游。

回答："一般人以为一定是什么神秘的意义，其实在我们的语言，不过是指一个很古老的山罢了。"

"这里住过多少人？"

"根据住宅的面积，最多是七百五十个。"

"用来祭神的？有没有杀活人？"

"历史都是血淋淋的。"

"那么为什么什么地方都不选，非要在这个高山建筑不可？"我最后一个问题。

"传说纷纭，没有一个得到证实。"他老实地回答。

我自己有一套理论：一般的印加人都要往高山住去。那是因为他们受过河流泛滥的天灾之苦，觉得愈高愈安全，道理就那么简单。

不管是对是错，到了古斯科高原，又一路观察建筑都在高处，也许没有说错。

第二天又要爬山去看日出，但乌云满天，唯有作罢。在旅馆中静养，感受天地之灵。到了深夜，走出阳台，看到的满天星斗，印象深过这个古迹。想起东坡禅诗："庐山烟雨浙江潮，未到千般恨不消；到得还来别无事，庐山烟雨浙江潮。"

下山时，又是大排长龙，遇到三位中国香港青年，不乘飞机，是走路或乘车来的，真佩服他们。本来包了车，可以送他们一趟，但有些等得暴躁的美国八婆，见我们的车子有空位，想挤进来，司机不理会。她们不明白"有钱老爷炕上坐"的道理，拼命地打拍车门，我们也就急着走了。

到了车站，再乘数小时火车，终于到达古斯科的旅馆"PALACIO NAZARENAS"，这个美轮美奂的酒店，令我们有又回到文明世界的感觉。

古斯科的"PALACIO NAZARENAS"酒店位于市中心，一走出来四通八达。深夜抵达，非常疲倦，没有仔细看就走进房，见那有四柱的大床，干净得不得了。浴室也有一间房那么大，中间摆着一个白瓷的浴缸。地板是通了电的，不感冰冷，浸个舒服的澡，倒头一睡。咦，为什么感觉不到在古斯科海拔四千米的高山症？

醒来才知道，通气口输送出来的不是冷风，而是氧气，这家酒店什么都为客人着想。

肚子饿，去吃早餐。经过高楼顶的长廊，四面古壁画还有部分保留着，中庭种的迷迭香传来诱人的气息，食欲大增，急步走到餐厅。

蔚蓝色的天空，衬着更蓝的池水，池边传来音乐，是位当地有名的竖琴家的演奏。整家酒店也只有五十五间套房，客人不多，食物是这段旅行中最丰盛的。

医了肚，步行回房，经过一处，探头一看，原来是个私家教堂，挂满歌颂上帝的油画。其中的天使，肥肥胖胖，双颊透红，是哪里见过？在BOTERO（波特罗）的画中。这位哥伦比亚画家无疑到过秘鲁，灵感由此而来吧？

回房，打开很小的窗口，阳光直射，小小的书桌上摆着花园中采来的鲜花，我一一挪开。别人出外购物，我独自留着写稿。在这么优美的环境下不创作，多可惜。

出外散步，到处是用鹅卵石铺的街道，长长的狭巷，周围小屋依山而建，是平民住的，和中国香港的完全不同。到当地的教堂走了一圈，金碧辉煌，真金被西班牙人掠走，贴上金箔的留下，还剩许多许多。

修道院的地板像擦亮的皮鞋，有些乡下来的小孩在上面打滚，赖着不肯回家。

午餐就在地道餐厅解决。之前经过小贩摊，见一箩箩的面包，比胖子脸还大。买了一个，港币五元，懒人可以穿个洞套在颈上，吃个三天。

到一家叫"LOS MUNDIALISTAS"的餐厅，当地的食物变化不大，通常是炸猪皮、烤猪和玉米煮的汤。这里的玉米一粒有普通的五倍大，但不甜，汤黄黄的，有颗大灯笼椒，当地人就靠这个吃饱，真没有想象那么美味。鸡汤中放了很多的藜麦，尚可口。

走到当地的菜市，咦，怎么想起越南胡志明市的槟城菜市？外面卖菜卖肉，里面是小食档。

香肠有胖子手臂那么粗，到处看到猪头牛头。人穷了，当然不会扔掉任何东西，也由此产生食物文化。

有更多的面包档，各种花纹的，都大得不得了，有些撒上芝麻，白色女服的妇女坐着，也不向客人兜售，要买就来买吧。

各种蘑菇，我问导游说有没有吃了会产生幻觉的，她大力摇头，好像遇到了"瘾君子"，但还是很同情地说："'古柯叶子大把'你要不要试试？"

我没兴趣，看到一大堆一大堆黄颜色，又是卵状的海鲜，大概是这里的鱼子酱吧，没机会试了。中间还有葡萄般大绿色的水晶体，是什么？不怕脏，还是抓了一粒送进口，"波"的一声爆发，的确像鱼子，但是素的，一种海藻罢了。进口做成斋菜，也是想头。

到处卖着鲜花，问价，便宜得令人偷笑。住在这里，每天大把送各个女友，也穷不了。

晚上，去酒店隔壁的餐厅"MAP"，开在博物馆内的中庭，为了不破坏博物馆的气氛，整间餐厅四面玻璃，像一个巨大的货柜箱。没有墙壁，也不必搞装修，唯一的是在进口处点着一大排的粗蜡烛，已经够了。我非常欣赏这个设计，食物就一般，回房啃吃剩的大面包，更好。餐厅的菜虽然不合胃口，那是我的事，别人吃得津津有味。可是那是西餐呀，到了秘鲁，还是应该喝烧猪汤、鸡汤和藜麦，再加上一杯紫色浓郁的玉米汁。

当地做的"CUSQUENA"味道比德国啤酒浓，但我喜欢的是这家厂的黑啤酒，每次一坐下来，就向侍者说："给我一瓶黑啤（CERVEZA NEGRA，POR FAVOR）。"他国叫啤酒，通称 BEER，只有西班牙人的叫法不同。

再经过几小时飞行，回到利马。当地正在选市长，很多路都给宣传队伍封住了，兜个老半天才回到悬崖上的"MIRAFLORES"，它也是"BELMOND"集团经营。

"今天吃些什么呢？"大家对当地食物有点厌倦，第一件想到的就是到中餐厅。

我们说不如到超级市场买些罐头来野餐吧。 这里中国人开的连锁经营叫王氏（WONG'S）， 由一家杂货店做起， 变成集团， 到处可见。 可惜近来卖了给乌拉圭人， 不知行不行， 还是中菜馆较为妥当。

中国菜在秘鲁称为"CHIFA"， 不言而喻， 就是"吃饭" 的音译。 最后大家还是到一间世界名食家都推荐的"AMAZ"， 东西可口， 但受中国影响颇深， 都是煎煎炒炒。 原来食家们没试过"CHI-FA"， 就惊为天人了。

吃罢， 明天再到阿根廷去。

阿根廷之旅

这次是从秘鲁的利马来到阿根廷，比从中国香港出发轻松得多了。

抵达后先在阿根廷首都布宜诺斯艾利斯停一晚，入住当地最好的四季酒店，偏离中心一点，交通也算方便的。第一个印象是从旅馆浴室里的照片得来，黑白的影像中，从上面俯视一对跳探戈的男女。探戈，是阿根廷的灵魂，但不像墨西哥城那么欢乐。这个城市，是保守的，是深沉的，是充满独裁者足迹的。

第一，它的大道真的大，往返各十条车道。没有专制的行政，

是不能把原住民赶个精光建筑出来的。 名为小巴黎， 可是灯光幽暗，
没有夜都会的灿烂和浪漫， 守旧得很。

第一件事当然是往酒店的餐厅钻。 据西方人称， 这里的烤牛肉是
天下最好的， 非尝不可。

分量的确是全世界最大， 作为主角的牛扒还没有上桌之前， 面
包、 小吃、 沙律等， 已填满了客人的肚子。 牛扒上桌， 月饼盒般
大， 香喷喷地烤出来， 侍者也从来不问你要多少成熟， 总之是非
常棒。

之前我想点鞑靼牛， 侍者好像听到野蛮人的要求， 拼命摇头：
"我们这里不流行吃生的！"

全熟牛扒咬了一口， 硬呀， 硬！

怪不得壁上挂满锋利的餐刀， 吃时名副其实地锯呀锯。

一定很有肉味吧？ 也不然， 一般罢了， 但是这是全城最好的，
也是最贵的呀。 上帝， 饶恕我这个无知的人， 我还是觉得要吃肉味
的话， 纽约人的 DRY AGED （干式熟成）牛扒， 肉味才够； 要是吃
软熟的， 那么欣赏和牛吧！ 但是， 有很多人说："日本牛虽然入口即
化， 但一点牛肉味也没有！"

这回轮到上帝要饶恕他们， 他们没有吃过最好的三田牛， 那种牛
味的独特， 是不能与夏虫语冰的。 我说这种话完全是亲身体验， 一
点偏见也没有。

整个阿根廷的旅行， 都是在吃烤牛肉， 一餐复一餐， 去的都是
当地最好， 外国老饕赞完又赞的餐厅， 也到过当地最平民化的食肆，
没有一间是满意的。

也许是选的部位不对吧？ 我们叫过肉眼， 叫过肋骨， 叫过面颊。 好友廖先生刁钻， 说耍沙梨笃！ 什么是沙梨笃？ 一般食客也不懂， 莫说阿根廷人了， 只有向他们示范， 拍着屁股。 哦！ 领会了， 是屁股肉。 烤了出来， 同样是那么硬， 那么乏味。

第二晚， 又去了另一家著名的烤肉店， 餐厅墙上挂满足球名将的T恤， 柜子里也都是有关足球的纪念品。 这家叫LABRIGADAS的餐厅好难订得到位子， 好在我们很早来到。 所谓早， 也是晚上七点半， 原来他们的习惯是十点才算早。

先要了当地最好又最贵的红酒——"D. V. CATENA" 和"CATENA ZAPATA"， 都产自MALBEC（马尔贝克）区， 喝了一口， 不错不错， 很浓， 有点像匈牙利的"BULL'S BLOOD"， 但总比不上法国佳酿。

值得一提的是侍者开酒的方法。 他们把封住瓶口的那层铁箔用刀子仔细地剔开， 成为一个小圈子， 再把樽塞套住， 让客人先闻一闻， 又知道喝了是什么牌子的酒。

餐厅领班前来， 一套黑笔挺西装， 头发全白， 态度严肃， 一副非常权威的架势， 像武侠片一样， 嗖的一声， 拔出来的是插在腰间的叉和匙。

咦？ 怎么不是刀， 而是匙？

大块肉， 各种部位的肉， 烤得熟透了上桌， 领班大展身手， 用很纯熟的手法把各种肉一块一块地剖开， 分别放在我们面前的盘上。

邻桌的美国游客看了也拍烂手掌， 我到领班走开时， 把他那根汤匙用手指一摸， 原来是磨得比剃须刀更锋利的器具。

对阿根廷印象不好吗？ 不是， 不是。

最欣赏的是， 他们喝的马蒂（MATI）了。

饮具用个小葫芦的底部， 挖空了当杯子， 有的镶银镶铜。

再把小壶填满了干"YERBA"叶子， 翻成中文是冬青叶， 但不知和中国的冬青有没有关系， 这时， 就可以注入热水。 注意， 只是热水， 不能是沸水！

最后， 插上一根叫"BOMBILLA"的吸管， 别小看， 很讲究的， 管底有一个个的小洞， 用来隔着叶子的粉末。 这管子贵起来也要卖好几千港币。

这时可以吸了， 我是最勇于尝试的人， 味道呢？ 又苦又涩， 别人怎么想不知， 我自己是很喜欢的。

对了， 这和我们喝茶一样， 我们看阿根廷人吸马蒂古怪， 他们看我们喝功夫茶也古怪； 我们喝了上瘾， 他们也不可一日无此君了。

他们是身带热水壶， 不断地冲不断地吸， 你吸完之后有时给第二个人， 都是同一吸管。 中国香港人看了吓到脸青， 有传染病怎么办？ 阿根廷人从不考虑这些， 如果把马蒂递给了你， 而你现出怕怕、 不敢吸的表情， 那么他们永远和你做不了朋友， 你是永远的敌人。

带着吃烤牛肉和吸马蒂的经验， 我们开始了阿根廷的旅行。

布宜诺斯艾利斯（BUENOS AIRES）， 照字面翻译是"好空气"，西班牙人打起招呼来， 也有顺风的意思。 导游一定会带你到五月广场（PLAZZA DE MAYO）， 这里有行政中心、 剧院、 教堂， 但觉得规模比起欧洲城市，都不足道。

反而是下一个例牌观光区的传统街道好玩，到了这里游客们都免不了举起手机拍下五颜六色的房屋，传说是穷苦人家用别人剩下的油漆涂上的。其实最美的还是天空的蔚蓝，中国游客拍的多是天空。

各墙壁充满著名的涂鸦画家作品，见有人不断地修补。也有未成名的画家的，只可当成观光纪念品出售。官方汇率很低，大家都懂得在这里把美金换成阿根廷比索。我一向有预算要花多少，一次兑换了，就不必每次去计算。

到了这里就听到探戈音乐了，也有真人在咖啡店外表演，男的黑西装，女的大红裙子，开衩处可见大孔的网状丝袜，但女人样子都长得丑，身材略为肥胖，一点也不性感。

我在小商店里买了第一个喝马蒂的壶子，葫芦壳上雕了花，吸管有一对男女跳探戈。也知道是游客纪念品，花了一百美金。当冤大头就冤大头吧，不在乎，只是怕下次再也看不到，要回头也来不及。

大街小巷都是烤肉店，简陋的档口只是一个大炭炉上面放了块铁网，就那么卖将起来，要了一块试试，照样是很硬很硬。

给咖啡店的蓝色桌子吸引，探头去看，院子里有一木头公仔，做成一个灰发老头，旁边坐的是一个真人，样子很像假的。拍了张照片，对比起来成趣。

处处还有其他木头公仔，当然最多的是关于教宗的，球星马拉多纳的木头公仔也不少，才想起他也是阿根廷人。

坐下喝杯咖啡吧，导游说这里的水平低劣，还是去百年老店

"CAFE TORTONI"，地点在市中心，招牌用美丽年代"BELLE EPO-
QUE"的字体写的，外貌像间电影院，有个玻璃橱窗卖该店的纪
念品。

　　里面古色古香当然不在话下，是间阿根廷的"陆羽茶室"，到了
布宜诺斯艾利斯非光顾不可。天花板有一大片的彩色玻璃窗，灯光由
里面照出，整间店挂满古董灯饰，怀旧的气氛实在浓厚。壁上有各
位名人、政治家、作家、歌剧家的照片和道谢状，当然少不了探戈
的海报，喜欢历史和考古的人可以慢慢欣赏。

　　咖啡我不在行，要壶马蒂吧？也有供应。一般马蒂是友人之间
喝的东西，非商品，不卖，但是因为游客们的要求，当今各酒店的
食肆都可以找到，好在没有做成茶包。

　　说是咖啡室，各种酒齐全，摆在酒吧后面。大清早不喝了，还
是来些别的。我一向不喜蛋糕之类的甜品，见友人叫了，也每一种
试它一口，甜得要命，甜品嘛，就应该甜得要命才算是甜品。如果
怕甜，有种像我们的油条一类的东西，整个拉丁民族区都卖这种食
物，也甜，但不会甜死人。

　　请导游带我们到古董街走走，自从买拐杖送倪匡兄后，我自己也
染上"手杖癖"，每逢一处，必寻找。当今虽然还不必靠它，但已
够年龄和身份撑手杖，这是一种多么优雅的事，何乐不为？

　　看过多间，都有一些，但较普通。这个城市的古董店里显然不
是每一件都珍贵，但至少不至于弄假货来骗人。最后给我找到一支，
手柄是银制的，有个机关，一按掣，打开来是个烟盒子，可放几根
香烟后备。非常喜欢，我也就不讲价买了下来。

晚上去看探戈表演，也可以请导师来教。费用不便宜，据闻都是大师级的，太专业了。音乐非常值得欣赏，我从小爱听，什么"LA CUMPARSITA""JEALOUSY"等，如雷贯耳，听现场演奏，更是震撼。

还是"医肚"吧，最著名的是一种烤包，外形像我们的饺子，但有手掌般大，里面有各种馅料，叫"EMPANADAS"。

不是用来吃饱的，是正餐与正餐之间，算是点心，我们要了几个就饱得不能动弹。

饿的时候看来是诱人的，外层烤得略焦，香喷喷上桌，一吃，馅并不是很多，觉得有点孤寒。所谓馅，不像我们包饺子时调制过的，就那么塞些芝士、番薯粒之类的斋菜，但也有较贵的肉碎，总之下得不多。

我们去的这家叫"EL SANJUANINOS"，很出名，里面装修古朴，给人一种家庭的温暖感觉，侍者也亲切幽默，显然应付过很多外国客。一声不出地捧来一大盘烤包，各种馅齐全。我都试了一小口就放下，这种东西早已声明是用来填肚，非美食。

菜单很厚，仔细研究后点了最多人叫的豆汤，平平无奇，但是他们做的牛肚羊肚就很精彩，值得推荐。这里还卖鹿肉，但没特别的野味。

气氛还是一流的，价钱也便宜得令人发笑，各位到了布宜诺斯艾利斯，也不容错过。

继续阿根廷之旅。机位难订，我们要去的地方要多次折返布宜诺斯艾利斯，结果友人干脆包了一架私人飞机，计算一下，连同机场等待及各地住宿，可以节省两三天，大呼值得。岂知当今小型飞机多被毒贩租来运货，好在关闸人员见我们几个样子也不像，不多留难。

先飞阿根廷最南端的 EL CARAFATE（埃尔卡拉法特），要看冰川的话，这里有最佳设施。到达后入住当地最好的酒店，所谓最好，也不过是大木条建筑的露营小屋之类，令人想起在冰岛观北极光的旅馆。

这家叫 XELENA 的酒店面对着个大湖，早晚日出日落甚为壮观，除此之外没什么特点。印象最深的是早餐的桌子上摆着喝马蒂的壶，"冬青叶"自己大把添加，酒店的热水一向不滚，用来冲泡温度刚好。

我们去的时候是阿根廷的冬天，在布宜诺斯艾利斯也只有二十四摄氏度，但来到这里寒冷之极，整套冬天衣服搬了出来，也好像不够温暖。

小镇离酒店也要十多分钟车程，像西部片般有条大街，还开了个赌场，我们当然不会走进去。最热闹的还是一家卖冰淇淋的，愈冷愈想吃雪糕，来到了这里大吃特吃，还淋上当地"土炮"，有点像伏特加的，勾了冰淇淋之后才觉得喝得下。

友人很爱吃鸡肉，但阿根廷卖的都是鸡胸，他怀念鸡翼，见镇上有家肉店，走进去看有没有，餐厅不供应，自己带去呀。结果看到的也都是鸡胸肉，翅膀不知飞到哪里。

有家工艺品店，只有老头一人守住，看见了一个马蒂壶，很天然的红色， 很美， 品味甚佳， 买下这第二个。 当今对着它写稿，像更有灵感。 也顺道在小超市买了一包"冬青叶"， 本地人说"RO-SAMONTE" 的牌子最好， 也盲目地跟着购入， 一袋五百克， 卖二三十块港币。

晚上去老饕推荐的烤肉店， 去过这么多家， 都无印象， 每次我只尝羊肉， 较牛肉易下咽。 记得来布宜诺斯艾利斯第一家餐厅时，侍者拿出一粒粒炸过的东西， 原来是羊睾丸， 我也敢试， 不好吃而已。

红酒不喝了， 经常叫一种当地的黑啤， 苦得众人都皱眉头， 我不怕， 最多要一瓶可乐兑着喝。 大家看我叫可乐， 也出奇。

第二天就出海了， 所谓海， 是个大湖， 包了一艘大船， 航行了一个小时左右， 在船上餐厅大喝马蒂。 心急地等待， 终于有块冰川的碎冰漂来。 所谓碎冰， 也巨大， 像个小岛， 竟然是蓝颜色的，像染过小时用的蓝墨水的"ROYAL BLUE"。 大家喝彩， 后来漂来的愈来愈多， 看厌了也不觉新奇。

终于到达冰川， 像整个蓝色的大陆， 一个一百三十五米高的冰块出现在眼前， 到底是值得一看的。

船停下， 船夫用铁钩拉了一大块冰， 凿开， 做鸡尾酒给我们喝。 我还是要了一个大口威士忌杯， 把冰放在里面， 再注入酒。 这是亿年冰的"ON THE ROCK"， 相信在很多酒吧中是喝不到的。

原以为这就是最高最大的冰川， 后来发现翌日到达的"PERITO MORENO GLACIER" 才是最厉害的， 整个冰川的面积是二百六十七平方米， 被选为世界天然文化遗产。 你会感觉到整个天、 整个地都是冰。阿根廷政府知道这是赚钱，投入大量资金做得很好，长长的木头走廊，方便游客在各个角度去欣赏。年纪大的人有电梯可乘，其实步行起来也不艰难，不然可以乘船周围看。

脚踏冰川是要看季节的，我们不巧没遇上，但在冰岛时已经走过，在远处近处都能观赏，也就算了。本来想要描述多一点游冰川的经历，但已怎么想都没什么可以写的了。

只是离开时，从飞机窗口望下，才知道那是巨大的河流直注入海，遇冷空气忽然全部凝结成冰川，我们到过的比微粒还小，如果这么一来也学不到什么叫谦虚，就没话可说了。

经一个多小时的飞行，我们抵达了有小瑞士之称的巴里洛切（BARILOCHE）。

别人怎么想我不知道，只感到这是阿根廷之旅中最乏味的一程。像瑞士吗？湖边几间木小屋有点味道。据说这里德国人最多，也许战后纳粹遗党跑到这里躲起来吧，我是一点不觉得它漂亮的。

入住的旅馆"LIAO LIAO"，根据西班牙文读法，"L"作"Y"，也许是摇摇，中国人发音成聊聊，正式的话读作绍绍。绍绍酒店大得不得了，是一般游客入住的，我们的贵宾房间面对着湖，不能说不漂亮。

有些朋友已即刻到酒店设有的高尔夫球场，我好好地浸了个肥皂浴，披上浴袍，坐在阳台上面对着湖，看颜色转为绿的，澄蓝，夕阳之下，又染红。

翌日有远足活动，也有野餐，我不参加了，继续在房间内写稿，也乘机打听镇上有什么吃的。最终给我找到一家中国餐厅，叫

"黄记中餐馆"，听说是福建人开的，这对路了。有炒面吃，即刻打电话去，和对方用闽南话对谈，说有豆芽，大喜。众人回来后一齐去，有什么吃什么，几乎所有食物都给我们吃光。

本来到当地就吃当地东西，叫什么中国餐？但这次我毫不羞耻地承认，是的，我要吃中国菜！我要白饭，我要酱油！

我们来到了阿根廷之旅的最后一站：伊瓜苏瀑布（THE IGUAZU FALLS）。

从飞机上看下，一片又一片的热带雨林，连绵不绝，有较亚马孙的还大的感觉。巨川穿过，到了伊瓜苏瀑布口收窄，叫为"魔鬼的喉咙"。

整个瀑布呈 J 字形，不是很大呀。飞机师听到了哼哼一声："到了下面你就知道。"

世界有三大瀑布：南非赞比亚和津巴布之间的维多利亚瀑布，巴西和阿根廷的伊瓜苏瀑布，还有看过伊瓜苏之后，罗斯福夫人叹为可怜的美加尼亚加拉瀑布。

到底哪一个最大？据资料：伊瓜苏最阔，但中间给几个流沙堆积成的岛屿分割，变成维多利亚最大。而尼亚加拉瀑布的高度只有伊瓜苏的三分之一，最没有看头了！

谁最大都好，伊瓜苏的有各个不同形状和角度去看，总计有好几百处，伊瓜苏毫无疑问是天下最美的。

"伊"字在当地语中是"水"的意思，而"瓜苏"就是"大"了。美丽的传说是，天神想娶一个叫娜比的少女，但她和爱人乘独木舟私奔，天神大怒，用巨刃把大地切开，造成瀑布，将这对情侣淹死。

要游伊瓜苏，先得进入巴西境内，有个数十万平方米的国家公园，保护着大自然的一草一木，沿途看到巨喙的大鸟和鼬鼠，并不怕人。

终于到达我们要入住的酒店"DIAS CATARATAS"。外表粉红色，像出现在《时光倒流七十年》（Somewhere In Time）的电影中那么浪漫。

经花园到游泳池，进房后先看浴室，已比普通套房还要大，一切设备完善，书桌上摆满鲜花，让客人不想出门。

但已经心急，乘着夕阳，直奔就在酒店前面的伊瓜苏，才明白飞机师所谓，确实伟大！瀑布一个接一个，颜色不断地改变，水流隆隆作响，冲到石头溅散，造成几十道的彩虹，是天下最美的景色。要求婚的话，还是带女朋友来，才算有情调。

欣赏瀑布有几个方法，我们都玩尽了，翌日乘直升机，从高处感觉不到瀑布的威力。再乘船，除了被水溅得一身湿之外，别想拍什么照片。

最好的当然是步行了，我们除了在巴西这边看之外，还折回阿根廷那边欣赏，角度更多。阿根廷政府致力发展旅游，搭着完美的木梯让游客一步步爬上爬下，上年纪的游客则有电梯可乘。

我沿着木梯从上游走下，像进入了瀑布的心脏，有如李白形容的"水从天上来"！

水珠造成的视觉效果，几乎都是彩虹，人一生没有看过那么多。每次看到一道，都想见见彩虹的末端，是否有像洋人形容的出现一锅金子？ 这次证实是找不到的了。

和马丘比丘一比， 一个是静的， 一个是动的； 一个是死的， 一个是活的。 这种人生经验难得， 必去的地方， 伊瓜苏瀑布是首选。

折回布宜诺斯艾利斯， 去看上次没时间看的歌隆歌剧院。 和欧洲各大城市的一比， 这里的当然显得渺小， 里面装修的所谓豪华， 都贫乏得令人发笑。

但是， 喜欢歌剧的人才会欣赏， 它的舞台比观众席更大更深。地板下面挖空， 像小提琴的效果一样， 强烈回响。 最佳座位大家以为是总统包厢， 对着舞台的戏票反而不值钱， 岂知总统包厢只能看到小部分的表演。 那个座位， 是让观众看到人， 而不是人看到戏的。

整个剧院有七八层高， 最奇妙的是最低的， 只有半层， 是让谁来看？ 原来是寡妇专席， 带丧的人不方便在公众面前出席， 只有偷偷躲在这里， 看其他人的时装， 而不是来听音乐。

另有一奇处， 天花板上有一个巨大圆顶， 大到可以藏住儿童合唱团， 由其唱出银铃一般的歌声， 有如天籁之音。 怪不得大家一致赞说这是天下最好的歌剧院。 到了布宜诺斯艾利斯， 千万别失去游览的机会。

阿根廷最高级的名牌是叫"ILARIA"， 其实是家秘鲁公司， 机场和各大商行没有它的分店不行， 它做得最好的是银制品。 临离开的前一天， 刚好碰上我的生日， 友人送了我第三个马蒂壶， 还有一个土妇卖烤马铃薯的镶银工艺品， 手工精细， 甚得我心。

我自己也在该店买一个送给自己的礼物， 那是一个纯银的名片盒子， 薄得不得了， 虽然只可装四五张， 但这种优雅年代的用品， 岂可不拥有？

  返港的航班是深夜，我们还有时间，就到贵族公墓旁边的广场走走。适逢日落，把自己的影子照得长长的，举起手机，拍了一张。周围的公寓建筑得比中国香港那些暴发户型的还高级，不像我们的在旁边弄个小火炉煮公仔面。

  别了，阿根廷，一个可以重游的国家。

"

　　阿根廷最著名的一种烤包，外形像我们的饺子，
而马蒂，是友人之间喝的东西。

"
未到柏林，没有人不知道 "KADEWE"。

" -

　　在希腊，好吃的是坚果。开心果最爽脆，刚应节
的核桃，是柔软的，可以当水果吃。

"

土耳其甜品被称为"土耳其的喜悦"（TURKISH
DELIGHT），已闻名于世，这里简值是甜品天堂。

"我们在莫斯科周围散步, / 走进红广场, / 你告诉我列宁的革命名言, / 但我在想, / 我们快去普希金咖啡室唱热巧克力……"

66 ------------------------------------

去到京都，则有"蛸长"，
自古以来最受文人墨客欢迎。

"

在神户吃三田牛私房菜，临上飞机再来一顿
螃蟹大餐，要过一个豪华的愉快的农历新年。

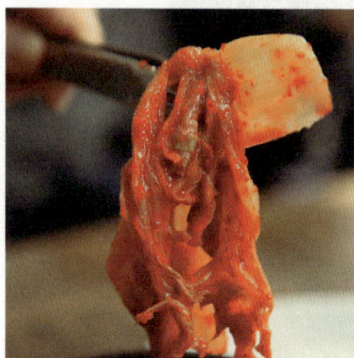

66 -

韩风食物如今也大放光彩，谁说韩国东西不好吃？

"咖喱"这个名字的来源，要追朔到南印度一种用
香料做"KARI"的酱汁。

" -

我们都是一群越南粉——"PHO 痴"。

如果每一个城市，都和武汉一样，注意早餐，花样多得不能胜数，
像"过年"一样把吃早餐称为"过早"，那有多好！

"

长沙最有代表性的食肆，叫"火宫殿"，只要吃遍
这里的食物，就能了解长沙的饮食文化。

" -

食在重庆，火辣辣。

" --

广东的 COMFORT FOOD，有着"平、靓、正"的精神。

66 -

　　海蛎煎，蚝新鲜，粒粒拇指般大，肥肥胖胖。

"

台北有二十四小时经营的"无名子",这里的台湾小菜至少有
一两百种,想到什么就有什么。

重访澳洲

"去哪里好呢？" 过年前大家已在商量。

我们这一群不生子女的旅行同伴， 说去哪里就哪里， 没什么目的。 年只要一起过就是， 总之不去打扰别人一家团圆， 也别过得太过孤单。

志同道合的朋友， 有时好过亲人， 亲人也没那么多可以在一起热热闹闹。 我们各自带了好酒， 决定去澳洲。 到澳洲还有一个原因，我们都是一群越南粉"PHO 痴" （PHO 即越南牛肉粉）， 而天下最好的"PHO" 店， 大家公认是墨尔本的"勇记"。 久未尝此味， 专程去一趟， 也值回票价。

当然不会去住赌场，还是在格调最高的"温莎酒店"（THE WINDSOR）下榻。它在 1883 年创立，今年刚好是一百三十年了。酒店翻新又翻新，卖了又卖。之前被印度最大的奥伯雷集团收购，当今又被印度尼西亚的华裔商人买去，留下印度臣子管理。管理人员名叫 AJIT RAO，已是老朋友了，见面相谈甚欢，几天后他问我有什么意见。

"房间已经从每天打扫两次，变成一次了。"我说。

他无奈地说："澳洲已愈来愈难请到人肯做这些工作了，应该像新加坡大量接收新移民。"

澳洲观光局很卖力，派出大中国区业务拓展经理王莹淇来酒店欢迎我们。她是位靓女，本身就是位新移民。她为各人派上礼物，留给大家一个好印象。

我们先在农场吃个午餐，这家叫"LAURIMAR GLEN FARMSTAY"的农场已来过一次了。主人 ERIC 和 JANET 亲切地招待，已烤好了一只羊。澳洲人发明了一个电动的煤气烤箱，整只大羊放了进去，四周喷火，自动旋转，两个小时之内便能完熟，人到后即刻斩件。我想伸手进去挖那羊腰子和周围肥膏出来吃，可惜在屠场中已将内脏清除，只有吃那脆啪啪的皮和带肥的肉。也不错，这种享受也是中国香港难找的了。

农场中有各种澳洲树木花草，又养着从秘鲁输入的 LLAMA——内地人称为"羊驼"的动物，还有各种奇珍异兽。这家人还设有客房，租金极为便宜，有好几位日本来的妇女在这里长住，帮手做出各种蛋糕给我们吃。有兴趣过这种农场生活的旅客不妨试试。

我对墨尔本这个城市已不陌生，十多年前和成龙来这里拍了一部叫《一个好人》的电影，一住就是一年，已能熟悉到可以自己驾车到各个角落去了。不怕迷路的另一个原因是，城市与十多年前一样，改变得极少。

维多利亚菜市场还是老样子。我又去探访以前经常光顾的蔬菜摊子的华人太太，明知道她已不会在那里出现了，不看一下不能罢休。

卖芝士火腿香肠店铺的南斯拉夫店主还在，我问有没有那种短得像牙签的鸡丝面？她一下子认出我来，摇摇头："年轻人已不会欣赏，再也不做了。"

这种面是我吃过最好的一种，只要汤滚了，撒一把下去即烫熟，比任何方便面还要方便，所有的方便面都没那么美味，用蛋和鸡汤做成，现今已成绝响。

水果芝士仍然在卖，这种澳洲独有的产品，比芝士蛋糕还要好吃。澳洲产的有汽红酒称为"SPARKLING SHIRAZ"与水果芝士并肩为澳洲极品。到了澳洲不试下就"走宝"了。我在这几天放弃友人带来的陈年麦芽威士忌，只喝这种有汽红酒，而最好的牌子是"ROCKFORD"，价钱已不菲了。

晚上，我们又去了"刘家小厨"（LAU'S FAMILY KITCHEN），开在海边（ST. KILDA），地方名副其实的"小"，坐满客人。每晚都是这样的，老板刘华铿说。

认识刘华铿已近三十年了，他是"万寿宫"的前老板，名片上还是印着"FOUNDER OF FLOWER DRUM RESTAURANT"（花鼓餐厅创始人），更在名字下加上一小行字，很幽默地写着："MOSTLY RE-TIRED（差不多退休的人)。"

万寿官给他经营得很辉煌。退休后，儿子们要开家小厨，他又出来帮手。食物小小的一份份，客人喜欢了即刻追加。像他做的焖牛舌，煮得软熟后又烟熏，好吃得不得了。羊腰做得一点也没有异味，用铁板煎过上桌。生蚝好吃，就不加工，先是三粒，喜欢了任吃。南澳洲的蓝尾虾味道够，就那么烙一烙就给你吃。带子刚从壳中剥出来，用粉皮一包，蒸好做出带子点心来。还有他特制的牛腩、蒸鱼、烧肉等等菜式，没有一道是让你吃后不满意的。

一家餐厅的成功，招呼最为重要，这一点刘华铿最为拿手。当年他做万寿官时，就算牺牲楼下座位，也要让客人坐得舒适。临时来了两位熟朋友，加上一桌没有问题。吃的菜呢，从别桌的一道偷出一点，也有十几二十样菜，只要刘华铿在，不管你是中国人还是外国人，都会满足地走出餐厅。

如果找一个能把中餐捧到世界舞台去的人，那只有刘华铿了。他绝对不会学法国人在碟上画了画算数——用最好食材，配上高超厨艺，加上完美服务，这才叫中餐。中国菜馆能够资格得米其林三星的，非"刘家小厨"莫属。

http://www.lauskitchen.com.au

五味

REN
SHENG

人生
贵适意

•一份美食，一份对生活的爱•

GUI
SHI YI

蔡澜
旅行食记

蔡澜自问自答 1·关于吃

问："为什么对吃那么有兴趣，从什么时候开始？"

答："凡是好奇心重的人，对任何事物都有兴趣。吃，是基本嘛。大概是从吃奶时开始吧。"

问："你是哺乳，还是喝奶粉？"

答："吃糊。"

问："糊？"

答："生下来刚好是打仗，母亲营养不够，没有奶。家里虽然有奶妈，但是喂姐姐和哥哥的。战乱时哪里买得到什么 Klim？只有一罐罐的米碎，用滚水一冲就变成糇糊状的东西，吃它长大的。还记得商标上有一只蝴蝶， 这大概是我人生中第一次的记忆。"

问："你提的 Klim 是什么？"

答："当年著名的奶粉， 现在还可以找到。 名字取得很好， 把牛奶的英文字母翻过来用。"

问："会吃东西后， 你最喜欢些什么？"

答："我小时候很偏食， 肥猪肉当然怕怕， 对鸡也没多大兴趣。回想起来， 是豆芽吧， 我对豆芽百食不厌， 一大口一大口塞进嘴里， 家父说我食态像担草入城门。"

问："你自己会烧菜吗？"

答："不会。"

问："电视上看过你动手， 你不会烧菜？"

答： "不， 不会烧菜， 只会创作。 NO， I don't cook. I create. (笑)"

问："请你回答问题正经一点。"

答："我妈妈和我奶奶都是烹饪高手， 我在厨房看看罢了。 到了外国自己一个人生活， 想起她们怎么煮， 实习， 失败， 再实习， 就那么学会的。"

问："你自己一个人动手是什么菜？"

答："红烧猪手。 当年在日本， 猪脚猪手是扔掉的， 我向肉贩讨了几只， 买一个大锅， 把猪手放进去， 加酱油和糖， 煮个一小时， 香喷喷地上桌， 家里没有冰柜， 刚好是冬天， 把吃剩的那锅东西放在窗外， 隔天还有肉冻吃。"

问："最容易烧的是什么菜？"

答:"龙虾。"

问:"龙虾当早餐?"

答:"是的。 星期天一大早起身, 到街市去买一只大龙虾, 先把头卸下斩成两半, 在炉上铺张锡纸, 放在上面, 撒些盐慢火烤。 用剪刀把肉取出, 直切几刀再横切薄片, 扔进水中, 即卷成花朵状, 剁碎辣椒, 中间芹菜和冬菇, 红绿黑地放在中间当花心, 倒壶酱油点山葵生吃。 壳和头加豆腐、 芥菜和两片姜去滚汤, 这时你已闻到虾头膏的香味, 用茶匙吃虾脑、 刺身和汤。 如果有瓶好香槟和贝多芬音乐陪伴, 就接近完美。"

问:"前后要花多少时间?"

答:"快的话半小时, 但可以懒懒慢慢地做。 做菜是消除寂寞最好的方法。 一个人要吃东西的时候, 千万别太刻薄自己, 做餐好吃的东西享受, 生活就充实。"

问:"你已经尝遍天下美食?"

答: "不可以那么狂妄, 要吃完全世界的东西, 十辈子也不够。"

问:"哪一个都市的花样最多?"

答:"香港。 别的地方最多给你吃一个月就都吃遍了。 在香港, 你需要半年。"

问:"你嘴那么刁, 不怕阎罗王拔你的舌头?"

答:"有一次我去吉隆坡, 三个八婆请我吃大排档, 我为了回忆小时候吃的菜, 叫了很多东西, 吃不完。 八婆骂我:'你来世一定没有东西吃。' 我摇头笑笑, 说:'你们怎么不这么想想? 我的前身,是饿死的。'"

问："谈到大排档，已经越来越少，东西也越来越不好吃了。"

答："所以大家在呼吁保护濒临绝种动物时，我大叫不如保护濒临绝种的菜式，这比较实在。"

问："你什么时候开始写食经？"

答："从《壹周刊》的专栏《未能食素》。"

问："未能食素，你不喜欢素菜？"

答："未能食素，还是想吃荤东西的意思，代表我欲望很强，达不到彼岸的平静。"

问："写餐厅批评，要什么条件？"

答："把自己的感想老实地记录下来就是。公正一点，别被人请客就一定要说好。有一次，我吃完了，甜品碟下有个红包，打开来看，是五千大洋。"

问："你收了没有？"

答："我想，要是拿了，下次别家餐厅给我四千九百九，我也会开口大骂的。"

问："很少读到你骂大排档式的食肆的文章。"

答："小店里，人家刻苦经营，试过不好吃的话，最多别写。大集团就不同了，哼哼。"

问："你描写食物时，怎会让人看得流口水？"

答："很简单，写稿写到天亮，最后一篇才写食经。那时候腹饥如鸣，写什么都觉得好吃。"

蔡澜自问自答 2・关于美食

问："你能不能准确地告诉我，今年多少岁了？"

答："又不是瞒年龄的老女人，为什么不能？我生于一九四一年八月十八日，属蛇，狮子座，够不够准确？"

问："血型呢？"

答："酒喝得多，XO 型。哈哈。"

问："最喜欢喝什么酒？"

答："年轻时喝威士忌，来了香港跟大家喝白兰地，当年非常流行，现在喝点啤酒。其实我的酒量已经不大。最喜欢的酒，是和朋友一起喝的酒，什么酒都没问题。"

问："红酒呢？"

答："学问太高深，我不懂，只知道不太酸，容易下喉的就是好酒，喜欢澳洲的有气红酒，没试过的人很看轻它，但的确不错。"

问："你整天脸红红的，是不是一起身就喝？"

答："那是形象差的关系。我也不知道为什么整天脸红，现在的人一遇到我就问是不是血压高？从前，这叫红光满面，已经很少人记得有这一回事儿。"

问："什么是喝酒的快乐，什么是酒品，什么是境界？"

答："喝到飘飘然，语喃喃，就是快乐事，不追酒、不头晕、不作呕、不扰人、不喧哗、不强人喝酒、不干杯、不猜枚、不卡拉OK、不重复话题，这十不，是酒品。喝到要止即止，是境界。"

问："你是什么时候成为食家的？"

答："我对这个家字有点反感，我宁愿叫自己作一个人，写作人，电影人。对于吃，不能叫吃人，勉强叫为好食者吧。我爱尝试新东西，包括食物。我已经吃了几十年了，对于吃应该有点研究，最初和倪匡兄一起在《壹周刊》写关于吃的文章，后来他老人家嫌烦，不干了。我自己那一篇便独立起来，叫《未能食素》，批评香港的餐厅。一写就几年，读者就叫我所谓的食家了。"

问："为什么取《未能食素》那么怪的一个栏名？"

答："《未能食素》就是想吃肉。有些人还搞乱了叫成《未能素食》，其实和斋菜一点关系也没有，这题目代表我的欲望还是很重，心还是不清。"

问:"天下美味都给你试过了?"

答:"这问题像人家问我, 什么地方你没去过一样。 我每次搭飞机时都喜欢看航空公司杂志后页的地图, 那么多的城市, 那么多的小镇, 我再花十辈子, 也去不完。"

问:"要什么条件, 才能成为食家?"

答:"要成为一个好吃的人, 先要有好奇心。 什么都试, 所以我老婆常说要杀死我很容易, 在我尝试过的东西里面下毒好了。 要做食评人, 先别给人家请客。 自己掏腰包。 才能保持公正。 尽量说真话, 这样不容易做到。 同情分还是有的, 对好朋友开的食肆, 多赞几句, 无伤大雅, 别太离谱就是。"

问:"做食家是不是自己一定要懂得煮?"

答:"你又家家声了。 做一个好吃者, 食评人, 自己会烧菜是一个很重要的条件。 我读过很多影评人的文章, 根本对电影制作一窍不通, 写出来的东西就不够分量。 专家的烹调过程看得多了, 还学不会, 怎么有资格批评别人?"

问:"什么是你一生中吃过的最好的菜?"

答:"和喝酒一样, 好朋友一起吃的菜, 都是好菜。"

问:"对食物的要求一点也不顶尖?"

答:"和朋友, 什么都吃。 自己烧的话, 可以多下一点功夫。 做人千万别刻薄, 煮一餐好饭, 也可以消除寂寞。 我年轻时才不知愁滋味地大叫寂寞, 现在我不够时间去寂寞。"

问:"做人的目的, 只是吃吃喝喝?"

答: "是。 我大半生一直研究人生的意义, 答案还是吃吃喝喝。"

问："就那么简单？那么基本？"

答："是。简单和基本最美丽，读了很多哲学家和大文豪传记，他们的人生结论也只是吃吃喝喝，我没他们那么伟大，照抄总可以吧。"

蔡澜自问自答 3 · 关于茶

问："茶或咖啡，选一样，你选茶、咖啡？"

答："茶。我对饮食，非常忠心，不肯花精神研究咖啡。"

问："最喜欢什么茶？"

答："普洱。"

问："那么多的种类，铁观音、龙井、香片，还有锡兰茶、为什么只选普洱？"

答："龙井是绿茶，多喝伤胃，铁观音是发酵到一半停止的茶，很香，只能小量欣赏才知味，普洱则是全发酵的，越旧越好，冲得怎样弄都不要紧。我起身就有喝茶的习惯，睡前也喝，别的茶反胃，有些妨碍睡眠，只有普洱没事，我喝得很浓，浓得像墨汁一样，我常自嘲说肚子进的墨汁不够。"

问："普洱有益吗？"

答："饮食方面，广东人最聪明，云南产普洱，但整个中国只有广东人爱喝，它的确能消除多余的脂肪，吃得饱胀，一杯下去，舒服无比。"

问："那你自己为什么还要搞什么暴暴茶？"

答："这个故事说起来话长，普洱因为是全发酵，有一股霉味，加上玫瑰干蕾就能辟去。我又参考了明人的处方，煎了解酒和消滞的草药喷上去，烘过，再喷，再烘，做出一种茶来克服暴饮暴食的坏习惯，起初是调配来给自己喝，后来成龙常来我的办公室试饮，觉得很好喝，别人也来讨了，烦不胜烦。"

问："你什么时候开始把它当成商品，又为什么令你有做茶生意的念头？"

答："有一年的书展，书展中老是签名答谢读者没什么新意，我就学古人路边施茶，大量泡暴暴茶是给来看书的人喝，主办当局说人太多，不如卖吧，我说卖的话就违反了施茶的意义，不过卖也好，捐给保良局。那一年两块钱一杯，一卖就筹了八百块，我的头上当的一声亮了灯，就将它变成商品了。"

问："为什么叫为暴暴茶？"

答："暴食暴饮也不怕啊！所以叫暴暴茶。"

问："你不认为暴暴茶这个名字很暴戾吗？"

答："起初用，因为它很响，你说得对，我会改的，也许改为抱抱茶吧。 我喜欢抱人。"

问："为什么你现在喝的是立顿茶包？"

答："哈哈， 那是我在欧洲生活时养成的习惯， 那边除了英国， 大家都只喝咖啡， 没有好茶， 随身带普洱又觉烦， 干脆买些茶包， 要一杯滚水自己搞定。 在日本工作时他们的茶包也稀得要命， 我拿出三个茶包弄浓它， 不加糖， 当成中国茶来喝， 喝久了上瘾， 早晚喝普洱， 中午喝立顿。"

问："你本身是潮州人， 不喝功夫茶吗？"

答："喝。 自己没有功夫， 别人泡的我就喝， 我喝茶喜欢用茶盅。 家里有春夏秋冬四个模样的， 现在秋天， 我用的是布满红叶的盅。"

问："你喝茶的习惯是什么时候养成的？"

答："从小， 父亲有个好朋友叫统道叔， 到他家里一定有上等的铁观音喝， 统道叔看我这个小鬼也爱喝苦涩的浓茶， 很喜欢我， 教我很多关于茶的知识。"

问："令尊呢， 喝不喝茶？"

答："家父当然也爱喝， 还来个洋酸尖， 人住南洋， 没有什么名泉， 就叫我们四个儿女一早到花园去， 各人拿了一个小瓷杯， 在花朵上弹露水， 好不容易才收集几杯拿去冲茶， 炉子里面用的还是橄榄核烧成的炭， 说这种炭， 火力才够猛。"

问："你喝不喝龙井或香片的？"

答："喝龙井， 好的龙井的确引诱死人。 不喝香片， 香片北方人才欣赏， 那么多花， 已经不是茶， 所以只叫香片。"

问：“日本茶呢？”

答：“喝。日本茶中有一味叫玉露的，我最爱喝了。玉露不能用太滚的水冲，先把热水放进一个叫 Oyusame 的盅中冷却一番，再把茶浸个两三分钟来喝，味很香浓，有点像在喝汤。”

问：“中国台湾茶呢？他们的茶道又如何？”

答：“台湾人那一套太造作，我不喜欢，茶叶又卖得贵得要命，违反了喝茶的精神。”

问：“你喝过的最贵的茶，是什么茶？”

答：“大红袍。认识了些福建茶客，才发现他们真是不惜工本地喝茶。请我的茶叶，在拍卖中叫到了十六万港币，而且只有两百克。”

问：“真的那么好喝吗？”

答：“的确好喝，但是叫我自己买，我是付不出那么高的价钱，我在九龙城的茗香茶庄买的茶，都是中价钱，像普洱，三百块一斤，一斤可以喝一个月，每天花十块钱喝茶，不算过分。”

一直喝太好的茶，就不能随街坐下来喝普通的茶，人生减少许多乐趣。茶是平民的饮品，我是平民，这一点，我一直没有忘记。

蔡澜自问自答4·关于酒

访问这种事，有时报纸和杂志都来找你，忽然，静了下来，几年没一个电话。后面来接受一个，传媒又一窝蜂拥上前，都是同样的问题，我回答了又回答，已失去新鲜感，所以尽量将答案写了下来，让来访问的人做参考，有些答案，从前的小品文中写过，未免重复，请各位忍耐。

"这篇东西，除了你的生日是何时之外，什么都没说到。"前一阵子一位记者到访，我把稿子交给她时，她这么说。好。有必要多写几篇。最好分主题，你要问关于吃的，拿这一份去，要问穿的，这里有完全的资料。大家方便，所以今后还会继续预计对方所提的问题做出答复，今后你我见面之前，我先将访问的稿件传真给你，避免互相浪费时间。

不知何时开始，我总给人家一个爱喝酒的印象，这是一个部分，我们就谈酒吧。

问："你脸红红的，喝了酒吗？"

答："没有呀。天生就是这一副模样，从前的人，见到我这种人，就恭喜我满面红光，当今，他们劈头一句：你血压高。哈哈哈。"

问："真的没有毛病？"

答："一位干电影的朋友转了行，卖保险去，要求我替他买一份。看在多年同事的分上。我答应了。人生第一次买，不知道像我这个年纪，要彻底地检查身体才能受保，验出来的结果，血压正常，也没有艾滋病。"

问："胆固醇呢？"

答："没过高。连尿酸也验过，好在不必自己口试，都没毛病。"

问："你最喜欢喝的是哪一种酒？白兰地？威士忌、红酒、白酒？"

答："爱喝酒的人，有酒精的酒都喜欢，最爱喝的酒，是与朋友和家人一起喝的酒。"

问："你整天脸红，是不是醒着的时间都喝？"

答："给人家冤枉得多，就从早上喝将起来，饮早茶时喝土炮籽蒸，难喝死了，但是虾饺烧卖显得更好吃了。饮茶喝籽蒸最好。"

问："有些人要到晚上才喝，你有什么看法？"

答："有一次倪匡兄去新加坡，我妈妈请他吃饭，拿出一瓶白兰地叫他喝，他说他白天不喝酒的，我妈妈说现在巴黎是晚上，你不喝，结果我们大家都喝了。"

问："大白天喝酒，是不是很堕落？"

答："能够一大早就喝酒的人，代表他已经是一个可以主宰自己时间的人，是个自由自在的人，是很幸福的。他不必为了要上班，怕上司看到他喝酒而被炒鱿鱼。他也不必担心开会时遭受对方公司的人侧目。这一定是他争取回来的身份，他已付出了努力的代价，现在是收获期，人家是白昼宣淫，这些是白昼宣饮，哈哈哈哈。白天喝酒，是因为他们想喝就喝，不是因为上了酒瘾才喝，怎样会是堕落？替他高兴还来不及呢。"

问："你会不会醉酒呢？"

答："那是被酒喝的人才会做的事，我是喝酒的人。"

问："什么是喝酒的人？"

答："喝够即止，是喝酒的人。"

问："什么叫做喝够即止，能做到吗？"

答："这是意志力的问题。我的意志力很强，做得到喝到微醉，就不再喝了。"

问："什么叫醉？请下定义。"

答："是一种轻飘飘的感觉。有点兴奋，但骚扰别人。话说多了，但不抢别人的话题。真情流露，略带豪气。十二万年无此乐。叫作醉。"

问："醉得有暴力倾向，醉得呕吐呢？"

答："那不叫醉，叫昏迷。"

问："你有没有昏迷的经验？"

答："一次。数十年前我哥哥结婚，摆了二十桌酒，客人来敬，我替大哥挡，结果失去知觉，醒来时，像电影的镜头，有两个脸俯视着我。原来是被抬到新婚夫妇的床上，影响到他们的春宵，真丢脸。从此不再做这种傻事。"

问："出去第二天醒来，发现身旁睡着个裸女，不知道做了还是没有做，那么该怎么办？"

答："再确定一次，不就行了吗？哈哈哈。"

问："你的老友倪匡和黄霑都已经不喝酒了，你还照喝那么多吗？"

答："黄霑是因为有痛风不喝的。倪匡说人生什么事都有配额，他的配额用完了。我还好，还是照喝，喝多了一点倒是真的。我不能接受有配额的说法，我相信能小便就能做那件事，看看对方是什么人罢了。"

问："现在流行喝红酒，你有什么看法？"

答："太多人知道红酒的价钱，太少人知道红酒的价值。"

问："我碰不了酒，很羡慕你们这些会喝酒的人，我要怎样才了解你们的欢乐？"

答："享受自己醉去。"

问："什么叫自己醉?"

答："热爱生命，对什么东西都好奇，拼命问。问得多了，了解了，脑中产生大量的吗啡，兴奋了，手舞足蹈了，那就是自己醉，不喝酒也行，又达到另一种境界。"

· · ·

浅　尝
||||||||||||||||||||||||||||||||||||||||||||||||||||||||||

　　和小朋友聊天，当然是有关于吃，和我交往的都喜欢谈饮食，也只有这种话题，最为欢乐。

　　"我发现你原来是吃得不多的，你的许多朋友也说，蔡澜这个人不吃东西的，这是不是因为你已经吃厌了，人也老了？"小朋友口无遮拦，单刀直入。

　　"老不是一种罪。我承认我是老了，有一天，你也会经过这个阶段。至于是不是吃厌，好的东西怎么会吃厌呢？当今好的东西少了，我就少吃一点。"我老实地回答。

　　"照样很多呀，有瓜果菜蔬，有猪肉鸡肉，有石斑也有苏眉，怎么说少了呢？"小朋友反问。

"有其形，无其味，你们吃的鱼多数是养殖的，肉类的脂肪也愈减愈少，蔬菜更是经基因改造，弄得没有味道。人类为了贪婪，拼命促生，有些还加了很多农药，又为了养殖失去颜色，不管人家死活，加苏丹红等色素，不好吃不要紧，吃出毛病来可不是开玩笑的。"

小朋友哭了："那——那我们要怎么样才好？"

"一切浅尝。"

"浅尝？"

"是。是一种很深奥的学问，美食当前，叫你不再去碰是不容易的，我自己也忍不了，要学会浅尝不容易。"我说。

"那我们年轻人呢？要怎么开始？"

我答："要吃，就从吃最好的开始。别贪便宜，有野生的，贵一点也得买，吃过野生的，就知道滋味有多好，再也回不了头去吃养殖的了。"

小朋友点点头，好像有点明白这个道理："那和浅尝有什么关系？"

"你们这个年代，就算有钱，能吃到野生东西的机会也不多，那么就别贪心，吃几小口就放弃。看到养鱼，只用它的汤汁来浇白饭，也是一种美食。"

"白饭吃了会发胖的！"

"胡说，现在的人哪会吃得太多饭？你们发胖，是因为你们喜欢吃垃圾食物，而垃圾食物多数是煎炸，煎炸的东西吃多了，才会发胖！"

"煎炸的东西很香，你不喜欢吃吗？"

"我也喜欢，不过我喜欢吃好的。"

"煎炸也分好坏吗？"

"当然，包着那层粉那么厚，吸满了油，我一看到就觉得恐怖。好的天妇罗，炸后放在纸上，最多只有一两滴油，你吃过了，就不会去尝坏的了。"

"我们哪有条件天天去吃高级天妇罗？"

"把钱省下，吃一次好的，这么一来，至少你不会天天想吃肯德基。同个道理，你吃过一顿好的寿司，就不会想去试回转的了。"

"道理我知道，但是我们还在发育时期，你教我怎么不吃一个饱呢？"

"那我宁愿你吃几串鱼蛋、一碟炒饭、一碗拉面，每一种都浅尝，好过把一种东西塞得你的胃满满的。对感情，花心我不鼓励，但对食物，绝对要花心！"

"这话怎么说？"

"好像吃鱼，如果有孔雀石绿，那么少吃一点也不要紧，吃太多，毛病就来了。吃火锅有地沟油，那么吃少一点，再来杯茶解解，也没事。"

"你的意思是什么都可以吃，但是什么都少吃一点？"

"对，要保持好奇心，中国菜吃完，吃日本料理，吃韩国料理，吃泰国料理，吃越南料理，吃西餐，什么都好，什么都不必狂吞，多吃几样。"

"不喜欢的呢？ 像芝士， 我就从来不碰。"

"也要逼自己去吃， 试过了， 你才有资格说喜欢或者不喜欢，从来不碰， 就是无知。 年轻人求的是知识， 你怎么可以连这一点都不懂？ 芝士很臭， 但是可以从不臭的卡夫芝士开始， 蘸点糖， 甜甜的， 好像吃蛋糕， 慢慢地你就会发现卡夫芝士满足不了你， 因为这是牛奶做的， 当你要求更浓郁的味道时， 你就会去吃羊奶的了， 到时， 这个芝士的味觉世界， 就给你打开了。"

"榴莲也是同一个道理？"

"对。 把榴莲放在冰格上冻硬， 拿下来用刀切一小片， 当雪糕吃， 当你接受了， 泰国榴莲满足不了你， 便会去追求马来西亚的‘猫山王’ 了。"

"道理我明白， 但是有些人也只爱吃麦当劳， 只喜欢吃肯德基，那怎么办？ "

"那只有祝福你了。"

小朋友有点委屈："对着一些我爱吃的东西， 总得吃个饱， 你怎么说我也不会理睬的。"

"我知道， 有些东西在这个阶段是很难入脑的， 我现在唠唠叨叨地向你说， 也不希望你会了解， 我只是在你脑中种下一颗种子罢了。有一句话你记得就是： 今天要吃得比昨天好， 希望明天就得比今天更精彩。 到时， 你就会发现， 一切食物， 浅尝一下， 就够了。"

...

普洱茶的真性情

　　翻看杂物， 发现家中茶叶有普洱、 铁观音、 龙井、 大红袍、 大吉岭、 立顿、 富逊、 静岗绿茶和茶道粉末， 加上自己调配的， 应该这一生一世饮不完吧。

　　茶的乐趣， 自小养成。 家父是茶痴， 一早叫我们四兄弟和姐姐到家中花园去， 向着花朵， 用手指轻弹瓣上的露水， 每人一小碟， 集中之后煮滚沏茶的印象尤深。

　　家父好友统道叔是位入口洋货的商人， 在他办公室中一直有个小火炉和古董茶具泡功夫茶。 用榄核烧成的炭， 是在他那里第一次看到。

浓郁的铁观音当然是我最喜爱的。 统道叔沥的, 哥哥一早空肚喝了一小杯, 即刻脸变青, 呕得连胆汁都吐出来, 我倒若无其事地一杯又一杯。

老人家教导, 喝茶喝醉了, 什么开水、 牛乳、 阿华田都解它不了。 最好的解茶药, 莫过于再喝茶, 但是这次要喝的是武夷老岩茶, 越老越醇以茶解茶, 是至高的境界。

来到香港, 才试到广东人爱喝的普洱茶, 又进入另一层次。 初喝普洱, 其味淡如水。 因为它是完全发酵的茶, 入口有一阵霉味, 台湾人不懂得喝普洱,"洱" 字又难念, 干脆称之为"臭普茶"。"臭普", 闽语"发霉" 的意思。

普洱茶越泡越浓, 但绝不伤胃。 去油腻是此茶的特点, 吃得太饱, 灌入一两杯普洱, 舒服到极点。 三四个钟头之后, 肚子又饿了, 可以再进食。

久而久之, 喝普洱茶一定喝上瘾。 高级一点的普洱茶饼, 不但没有霉味, 而且感觉到滑喉, 这要亲自体验, 不能以文字形容。

想不到在云南生产的普洱, 竟在广东发扬光大。 普洱的唯一缺点是它不香又不甘, 远逊铁观音。

有鉴于此, 我自己调配, 加入玫瑰花蕊及药草, 消除它的霉味, 令其容易入喉。 这一来, 可引导不嗜茶者入迷, 小孩子也能喝得下去。 经过这一课, 再去喝纯正的普洱, 也是好事。 能去油腻, 倒是不可推翻的事实。

市面上有类似的所谓减肥茶, 其实是掺了廉价的番泻叶, 喝了有轻微的拉肚子作用, 已失去了享受的目的。 而且, 番泻叶与茶的质量不同，装入罐中，沉淀于底，结果茶是茶，番泻叶是番泻叶，一大把抓了冲来喝，洗手间去个不停，很可怜。

玫瑰花蕊和菊花一样，储久了会生虫。用玫瑰蕊入茶，要很小心。从产地入货后，要经过三次的焙制，方能消除花中所有幼虫，但是制后须保持花的鲜艳，这也要靠长时间的研究和经验的累积。

一般茶楼中所喝的普洱，品质好不到哪里去，有些还是由泰国进口当地商人收集来的冲过的旧茶叶，再发酵而成，真是阴功。纯正云南普洱不分贵贱，都有一定水准。

其他茶叶沏后倒入茶杯，过一阵子，由清转浊，尤其是西洋红茶，不到十分钟，清茶成为奶茶般的颜色。

普洱永不变色。茶楼的伙计把最浓的普洱存于一玻璃罐中，称之为"茶胆"，等到闲下来添上滚水再喝，照样新鲜。

在茶庄中买到的普洱，由十几块钱一斤到数百块的一个八两茶饼，任君选择。所谓的绝品"宋聘"，99%是假货，能有"红印"牌的三四十年旧普洱喝，已是很高级。但是普洱是属于大众的日常饮品，太好太醇的茶，每天喝也不过如此。港币100块一斤，已很不错。平均每一斤可以喝上1个月，每天只不过是三块多钱，比起可乐、七喜，便宜得多。

普洱叶粗，不宜装入小巧的功夫茶壶，经茶盅沏普洱最恰当。普通的茶盅，十几二十块钱一个，即使买民国初年制的，也只不过是一两百块。弄个古雅一点的，每天沏之，眼睛也得到享受。

有许多人不会用茶盅，但原理很简单，胆大心细就是，有过两三次的烫手经验，即毕业。

喝茶还是南方人比较讲究，北方人喝得上龙井，已算及格，他们喜爱的香片，已不能叫作"茶"，普洱更非他们可以了解或欣赏的。

普洱已成为了中国香港的文化，爱喝茶的人，到了欧美，数日不接触普洱，浑身不舒服。我每次出门，必备普洱。吃完来一杯，什么鬼佬垃圾餐都能接受。

移民到外国的人，怀念起中国香港，普洱好像是他们的亲人。家中没有茶叶的话，一定跑到唐人埠去喝上两杯。

到外地拍电影，我的习惯是携一个长直形的热水壶，不锈钢做的，里面没有玻璃镜胆，不怕打烂。出门之前放进大量普洱，冲冲水，第一道倒掉，再冲，便可上路。寒冷的雪山中，或酷热的沙漠里，倒出普洱与同事一齐喝，才明白什么叫作"分享"。

一次出外忘记带，对普洱的思念也越来越深。幻想下次喝之，必愈泡愈浓，才过瘾。返港后果然只喝浓普洱，不浓不快。倒在茶杯中，黑漆漆的。餐厅伙计走过，打趣地问："蔡先生，怎么喝起墨汁来？"

谦虚回答："肚中不够嘛。"

...

真正酒徒，容许一生放纵几次

酒？

有什么好喝？

要是你想得到答案，免了罢，不如向女人说明什么剃须水最好，反正，她们都听不懂。

不会喝酒的人，请把这一页掀过，我不会向你弹琴。

什么？

你还在耐心地听？

那么，你有希望了。你有了成为一个酒徒的可能性。

什么酒最好呢？

在你眼前的酒最好喝。

如果你是选择香槟和陈年红酒，不饮双蒸和白干的话，那你是酒的奴隶，不是她的主人。

要是你任何酒都喝，逢喝必醉，那是酒在喝你，不是你在喝酒。

再详细说明：酒徒分两种，一种是喝酒的，另一种是被酒喝的。

醉。

又是什么？

大吐大呕，谈不上什么境界。

醉，是语到喃喃时。

醉，是飘飘然，乘鹤云游。醉，是畅所欲言，又止乎于礼。

醉，是无条件地交给对方，又知道对方能够完全地付出给你。

除此之外，不能称醉。

只是蠢猪一只。

大吵大闹、又哭又啼、借酒装疯，都是最低的吗？

那又未必。

真正酒徒，容许人一生放纵几次，上述的情形，在你最悲哀和最欢乐时，绝对是美丽的。

问题是重复此种丑态。次数太多，那你不够资格喝酒，自杀去吧。

那么，什么是限度哟？

很简单，以每一口酒都有滋味为限度。喝到分不出是白兰地或威士忌，就应该停止。

我的个性是追酒喝，怎么办?

没怎么办，不喝罢了。

我喝一口酒便作呕，但是又很向往醉的感觉，我想醉一次，怎么办?

答案是：花香令人醉，茶醇令人醉，景色令人醉，美女令人醉，读书令人醉。请你别用酒为工具，请你别用酒当借口，请你别用酒做对手。任何情形之下都能大醉。

什么酒最好喝?

配合菜色的酒最好喝：吃杭州菜喝花雕，吃日本菜喝清酒，吃西餐喝红白酒。

配合情景的酒最好喝：到俄罗斯时喝伏特加，到韩国时喝马格利，到希腊时喝乌索。

混酒容易醉，白兰地加威士忌，一喝便倒下去，你说是吗?

胡说八道。

喝鸡尾酒的人，不见他们都醉死?

酒后灵感大作?

也不尽然，看什么媒体。

写长篇大论，醉之思路胡乱，戒酒较佳。

五言古诗，七言绝句，大醉可也。练书法也可醉，怀素狂草，应该是醉后之作。刻图章却不能醉，否则把手指当石块，皮破血流。

酒能增强性欲?

是。 对。 不过， 还要看对象是否新鲜， 要不然， 增强的不是性欲， 是睡意。

宿醉有没有药医?

没有。 喝水喝茶。 蒙头大睡， 是最好的治疗。

我想开始学喝酒， 如何着手?

先喝啤酒吧。 如果你连啤酒都感觉不好喝， 即刻停止。 没有必要勉强自己。 要是任何酒你也认为是香的， 那么你已经有了天分， 自然会喝。

喝酒到底会不会伤身?

任何官能上的享受， 都从小小的伤身开始。 过量总是不好的， 猛吞白饭， 也能伤身。

我想戒酒。

戒一样东西， 只有意念。 戒酒中心帮助不了你。 我们身体中有个刹车的原始功能， 叫作"出毛病"。 喝酒喝出毛病， 就应该减少， 硬邦邦地喝下去， 也死得硬邦邦， 道理最简单不过。

真的会喝死人?

真的， 古龙就是喝酒喝死的。

榴莲和酒， 是不是不能一块吃?

没有科学引证。 啤酒和榴莲应该没有问题。 烈酒和榴莲不试为妙。 友人岳华， 从前就是喜欢喝了白兰地后吃榴莲， 一直没事。 有一次感到胃不舒服， 从此就不再喝烈酒吃榴莲。

女人和酒， 你选择哪一样?

两者皆要。

不行，只能取其一!

那么还是酒。

酒不语，女人话多。

酒不会来纠缠你，你何时听过酒会开口说"喝我，喝我"?

白兰地和威士忌，你选择哪一样?

爱酒的人，哪有分别?

听说白兰地是葡萄做的，可以补身;威士忌是麦酿的，喝了不举。

乱讲。这是狡猾的法国商人捏造的故事，他们要打倒威士忌，只有出这道阴招。威士忌喝了不举?你有没有看到苏格兰男人穿的是裙子?他们不穿长裤，随时可以将女人"就地正法"。

讲个酒故事来听好不好?

这是倪匡兄讲的:昔日，一个人喝酒喝穷了，下决心戒酒，但是肚子里的酒虫像要伸出手来抓舌头，不得不喝。

一天，他叫人拿了数罐美酒放在面前，又把自己绑在一棵大树干上，几个时辰下来，酒虫闻着酒香，忍不住由他口中爬了出来。

这个人从此不喝酒，但是后来非常无聊，闷死了。

你最佩服的酒徒是谁?

一个叫石曼卿的。

石曼卿，宋朝人，性倜傥，行侠气节，文风劲健，工诗善画，明辨是非，嗜酒不乱。

曼卿还是一位兵法家，常预言敌方攻势，奈何皇帝不听，故曼卿喝酒去也。

当年有个布衣叫刘潜，也胸怀大志，常与曼卿一起喝酒。他们两人终日对饮，喝到傍晚一丝醉意也没有。第二天，整个京城传说有两个"仙人"到酒家喝酒，这两个"仙人"就是石曼卿和刘潜。

另一个石曼卿与刘潜的故事是他们又一起到船上喝酒，喝到半夜，船夫的酒快给他们喝完，见有斗余醋，混入酒中给他们喝，他们也照样干了。

石曼卿告老归隐，住山头，醉后拿起弓来，把数千个桃核当弹子，射入谷涧，几年后，满谷桃花。

说说你自己的酒故事。

一年到吉隆坡，已经不喝椰子酒甚久，和友人杜医生摸索到椰子林中的一家餐厅，该地炒咖喱螃蟹出名，佐以椰酒，天下一品。

但当晚该店椰酒卖光，众客大失所望。

我不甘心，跳上杜医生的吉普车，深入椰林，找供应椰酒的印度师傅。

椰酒酿制的过程是这样的：在热带的椰子林中，你可以看到一个印度人，腰间绑了十几个小罐，像猴子一样，爬上二三十英尺高的椰树。

树顶叶子下，有数根长得如象牙大小的枝干，枝干中开着白色的椰花，趁这些椰花还没有结实，酿酒人用把冷刀把它们削去，再在干尖处绑上小陶罐，撒酒饼在其中。

整棵树的营养都集中在这干尖上，吐出液汁来供给花朵结实，顶尖无花，液汁滴注罐中，一面滴液，酒饼一面发酵，制造酒精。

印度人每天收集陶罐，倒入大容器里，拿去街市贩卖，但始终是私酿，犯法的。

我们抵达印度人家，敲门。

印度人已大醉，醒来知道来意，指着屋檐下的一个装油的巨大塑胶桶说："要买就全桶买去。"

问价钱，只合港币 80 大洋。

即刻和杜医生将酒搬上吉普，往餐厅驾去。

一路上，已忍不住，埋头下去喝一大口。

啊，比任何香槟更好喝，是自然的，是原始的。

扛入餐厅，请所有渴望的同志大饮。

要记得，酒饼并没有停止发酵，喝进去还是不断地在你胃里产生酒精，直透胃壁，入血液，进大脑。

全餐厅同志皆大乐。

酒醉饭饱。

见油桶中酒，还只喝了 1 / 3。

与杜医生再把桶抬上车，往酒店直驰而去。

二人扛酒桶走入希尔顿酒店，经过大堂，众客投以好奇眼光，及闻酒香，大叹羡慕。

入房，杜医生指桶，问道如何处置。

我示意把酒抬进浴室，倒入大浴缸中，刚好半满。

夜深，杜医生离去。

我脱光衣服，跳入缸内，全身乳白香甜，凉透心肺。索性整个人潜入酒里，张口骨碌骨碌狂饮。

人生，一乐也。

我的吃牛经验

小时吃牛肉，母亲到菜市场买个半斤，切片后炒蔬菜，肉质时硬时软，但牙齿好，什么都嚼得烂。

长大后开始接触西餐，牛扒当然是第一道菜。一大块肉，煎它一煎，就用刀叉分开放进口，因为没试过这种吃法，觉得很过瘾，但一餐饭也只有这一种肉，也是单调。

学了英文之后，才知道英国人的阶级观念不只在态度上有区分，连字眼也有严重的辨别，"BEEF"这个字是指牛肉中较好的部位；而下等的，则以"OX"称之，像"OX—TAIL"等，当然，那年代的英国菜是极粗糙的，牛尾做得好的话，比背脊之类的部位还要好吃。

留学年代到了韩国， 更欣赏他们的牛尾煮法， "KOM" "TANG" 是将数十条牛尾洗净了， 切块放进一个双人合抱的锅中去煮。 除了清水， 什么调味料都不加。 牛肉在韩国最为高级， 贵得只有皇帝高官才能享受， 对这种近于神圣的肉类， 当然愈少添加愈好。

整大锅的牛尾煮了一夜， 翌日装进大碗中， 连汤热腾腾捧上来。 桌面上另有一大碗粗盐和一大碗大葱， 任客人随量加来吃。 啊， 是无上的美味。

韩国人最会吃牛肉了， 什么部位都吃得干干净净， 上等肉刺身， 切丝后加上雪梨、 大蒜瓣、 蜂蜜和一个生鸡蛋拌它一拌， 不知比鞑靼牛肉好吃多少。

鞑靼牛扒， 传说是蒙古人行军时， 把牛肉块放在马鞍下， 就那么压着压着， 将压碎的生肉吃进口。 传到英国时加洋葱、 酸豆和咸鱼， 由侍者在你面前拌好， 用小茶匙试一口， 味道适合时才整份上桌。

法国人吃生牛肉才不下那么多拌菜， 就那么放进搅肉机弄碎了， 加大蒜后淋上大量的橄榄油就吃将起来。 曾经让女友那么做来让她两个孪生女儿吃， 觉得有点不肯下功夫。

牛扒大国非美国莫属。 说到过瘾， 没有比 "PORTER HOUSE STEAK" （上等腰肉牛排）更厉害的了。 整块牛扒， 有中国的旧式铁皮月饼盒那么大那么厚。 吃牛扒总得到德克萨斯州去， 可以整只牛烧烤出来。 老饕吃的， 是一大碟的牛脑。

但美国人到底是老粗， 拌着牛扒吃的只有薯仔， 不像法国人那么精致。法国人他们也是一块牛扒，不过旁边摆着像一个小杯子的东西，那是牛的大腿骨锯出来的，撒了盐焗烤，吃时用小匙把骨髓挖出，淋在牛扒上，才不单调。

牛骨髓可以说是整只牛最美味的部分，可惜每次都吃不够。匈牙利人用几十管牛骨熬汤，捞出来让客人任吸骨髓，这才叫满足。

吃了牛脑、牛骨髓之后，当然得吃牛内脏。煎牛肝在西餐中最为普遍，意大利人拿手的是吃牛肚，去了翡冷翠（佛罗伦萨），非到广场的小贩摊吃卤牛肚不可。虽说卤，放的香料不多，近于盐水白焯。欧洲其他国家也吃牛肚，多数用西红柿来煮。

小牛腰是道高级的西菜，因不去尿腺，高手做起来才无异味。六个月大的，不吃草的才叫小牛（YEAL），肉白色，一开始啃草，就变红。

除了这几个部分，洋人几乎不会吃其他内脏。他们喜欢的是"SWEETBREAD"——和甜面包一点也搭不上关系，是小牛的胸腺或胰脏，这是我从来不了解的，也许是因为没有遇到一位妙手。我好奇心极重，什么食物都要试到喜欢为止，但就是不能欣赏此物，也许是缘分问题吧。

其他内脏，到了广东人的卤牛师傅手上，都变成了佳肴，包括牛鞭，但他们就是不做牛胸腺，也许和我有共同点。崩沙腩和坑腩做得也出神入化，这个又带肥又带筋又带肉的部位最美味。洋人都忽略，他们也不会吃牛腿腱，更不知道什么叫金钱腱。

说到神户，这是一个都市，没地方喂牛。每年有一个比赛，由周围的农场把牛送来，得到大奖的多为三田牛，所以在日本说吃神户牛，就知你是外行。日本牛最好的产区，除了三田之外，还有松阪牛和近江牛，其他地区是不入流的。不过他们只懂得烧烤，原因是肉好的话，尽量少用花样。

花样层出不穷的还是要谈韩国人。我认为他们做得最好的是蒸牛肋（GARUBI-CHIM），用简单的红白萝卜、红枣和松子去红烧，差点失传的是加了墨鱼进去，鱼和肉永远是个好配搭，他们懂得。

潮州算是一个爱吃牛肉的地方，潮州的牛肉丸一向做得出色，而当今的肥牛火锅也由潮州兴起。

肥牛到底是什么部位？其实有肉眼肥牛，采用牛脊中部有肥瘦相间的肉，或是上脑肥牛，采用牛脊上面接近头部的肉。但不论什么部位，那头牛要是不肥的话，是找不到肥牛的。

在汕头有一家做得非常出色的肥牛火锅，各地火锅店老板纷纷来求货，但供应当地人已经不够。日本人养牛也不过是这百多年的事，已能大量出口，中国有优良牛种，在这方面下功夫吧！

油炸的爱与憎

油炸的东西，对儿童来说，总是一种令他们抗拒不了的食物。我也不例外，小时也喜欢。

妈妈手巧，刀背断筋，将猪肉片片。另一边厢，舂碎苏打饼，加点糖，粘后油炸，食之不厌。

长大了，渐渐远离那些油炸物。因为油炸物都包了一层很厚的面粉，真正的肉类或海鲜不过是那么一点点，吃后满嘴是油，满口是糊，难吃到极点。

到了外国，才知道愈没有烹调水平的地方，愈喜欢把所有东西扔进油锅里面，炸完捞起算数，好不好吃是你家里的事。美国是一个典型的例子。

英国的国食是炸鱼和薯条。中国南方人知道，新鲜的鱼，唯一做法是蒸，这门技巧他们不懂，又因为海鲜多是冰冻的，只有撒上厚厚的面粉去炸了。搭档的薯仔条炸得无味，令我对薯仔产生极坏的印象，认为喜欢此物的人，都是没有饮食文化的，讨厌得很。

到了日本，当留学生时只找最便宜的东西吃。当中有种叫克罗凯的炸面粉球，名字来自法文的"CROQUETTE"（可乐饼)，用切薄的肉鱼或蔬菜，混大量粉浆，外层涂的面包碎，捏成球状，有的小如核桃，有的大如鸡蛋，再拿去油炸。学生吃的，馅中有些薯仔蓉而已。你说，怎会好吃？

炸虾也是包了很厚的面粉，再淋上又甜又酸的浓油来掩住冰冻味。我对油炸东西的讨厌程度，已达忍无可忍，见了就怕的了。

当然，这都是年轻时井底之蛙的言语，诸多尝试之后，才知道炸是一门很深奥的学问，而且世上高手如云，我还没有遇到而已。

当吃了上等的天妇罗，我惊叹：怎么会如此美味？师傅说："首先，要把'炸'这个词搞清楚，在我们的心目中，不过是把生的食物变熟而已。我们用的虾，一定是活的，可当刺身。我们用的粉浆尽量地薄，沾到鲣鱼和萝卜蓉汁中，即刻溶化。"

"那么油呢？是不是用高级的初榨橄榄油？怎么可以炸得不感觉有油？"我问。

"用的是山茶花籽油，试过种种植物油之后，发觉这种油最好，橄榄油只适合生吃，不能接受高温。至于怎么可以炸得不觉有油，哈哈，那是数十年的功夫呀！"老师傅笑着回答。

后来，我在英国也吃过很好的炸鱼，但对薯仔条始终不感兴趣。到了法国，吃他们用鹅油炸出来的，才知道西方为什么要用"法国炸"这名字称之。用来送酒，是吃得下的。

美国的油炸食物，如果你不是美国土生土长的话，我想，再过一百年，也不会感到惊喜。

虽然可以欣赏名厨的炸物，也能享受街边煎炸小食，像中国各地的炸油条，都是我喜欢的。但是我始终对炸肉类有过敏症，一吃到泰国那种炸得如薄纸的猪肉片，喉咙马上发炎，接着伤风感冒就来了。在南洋，小时候还爱吃的一种叫"GORENGPISANG"的炸香蕉，现在也不敢去碰。不过走到旺角街头，看见炸大肠，还是忍不住来几块。在炸猪油时，当然炸虾片，看到猪油渣，更非吃不可。病不病管得了那么许多！

爱吃的还有炸猪扒，用黑豚的"SIRLOIN"（外脊）炸出来，带脂肪的才好吃。但想念的猪扒，还是因为有那又酸又甜的浓酱，更吸引人的，是那一大堆椰菜（高丽菜）和猪扒酱特别配合得好。

中国菜之中，炸的不少，一般人的印象只是把食物放进一大锅中噼里啪啦乱炸算数。根据大连的董长作师傅说："炸，是烹饪做法中的一大种类，有清炸、干炸、软炸、板炸、酥炸、卷炸、脆炸、松炸等等炸法，有的还要炸两次呢。什么食材什么炸法，绝对不可以一概而论。"

炸两次的还有印度尼西亚的炸锦鲤。在乡下的池塘养着人家当宝的五颜六色的鲤鱼，旁边放着一个三人合抱的大油锅，抓到了锦鲤也不宰杀，就那么像手榴弹一样扔进去炸。炸完捞起，再炸一次，什么骨头都酥了, 任何细菌都死了, 蘸着用石臼桩出来的指天椒、 大蒜、 虾膏加青柠汁吃, 天下美味也。

最讨厌当今的厨子把炸当作偷工减料的手段, 什么食材都是拿来炸一下才去炒。 这才节省时间呀, 他们说。 我一听就倒胃。 像炒胡椒蟹, 本来就应该斩件后从生炒到熟才好吃, 当今的都是炸了算数。

在餐单上一看到椒盐两个字, 我就不点。 因为再怎么美名, 也都是炸, 任何的菜都炸, 所有的菜弄出同一个味道来, 真是恐怖得紧。

还是在家里吃好, 家里的菜很少炸, 是因为家庭主妇寒酸, 不肯用一大锅油去炸东西, 多数只是煎一煎罢了。 煎, 我倒是不反对, 而且爱吃得很。 同样用油烹调, 煎用的油少得多, 而且用慢火来煎, 味道始终较好, 煎一个荷包蛋就知道了。

炸东西, 还是留给餐厅去处理, 在家炸了, 那锅油循环用, 总觉得会吃出毛病来。 日本人更怕, 他们买一包包的粉, 炸完后, 把那包粉倒进剩余的油中, 即刻凝固成蜡, 一二三倒进垃圾桶, 干净得很。

冷食颂

中国人的饮食习惯，是食物要熟的才好吃，对冷菜冷饭印象不佳，绝对不能用来招呼朋友，好像只能施舍乞丐。我不能苟同。

我一向吃得惯冷饭，就算一碗热腾腾、香喷喷的猪油捞饭，我总是放在一旁，等不烫口时再吃。这个习惯或者是天生的，我从小就喜欢等饭凉了，浇点菜汁就吃。一直给母亲骂，也顽强不听。

长大后当穷学生，半工读留学。在日本一住八年，他们也吃冷的，更如鱼得水。后来踏上电影这一行，一开始就当主管，饭盒来了，做阿头的没有理由抢着来吃，让各个工作人员分完。见有剩，才轮到我，当然已经冷了。冬天冰冻冻的食物，最初还有点难于下咽，但肚子一饿，还讨论什么冷吃热吃呢。

在印度出外景时期，地上铺着一张香蕉叶，供伙食的把碎不成粒的粗米饭舀了放在上面，连咖喱汁也没有，浇上胡椒水，就那么吃上好几个月，当然也是冷的。

在泰国拍戏时，虽有一个煮食团队，每天做不同的佳肴，让工作人员用一个碟子装了饭，加上菜，拿到一旁蹲着吃，我也照做，但饭是冷的。回到中国香港，家务助理做好菜，我很自然反应地用个碟子装点菜，不在饭桌上，拿到客厅一角蹲着吃。家里人看了心酸，我倒觉得一点问题也没有，自己喜欢做什么就什么了。

渐渐地，发现只要食材够新鲜，冷吃也会吃出好滋味来。像河豚，冷了一点也不腥。潮州人的冻蟹也是一个很好的例子，大家都吃冷的。

就算白饭，像五常米，新潟和山形米，即使冷了，也发出一阵幽香，那不是热饭中能够闻得到的。细嚼之，吃出的甜味，也是一种享受。

西洋人的头盘，也多数是冷的，像庞马火腿和蜜瓜、牛油果和螃蟹肉，各种沙律等等，没有一样是热的。还有冷的汤呢，用西红柿或绿豆熬出来，冻了才有香味。

酒更是喝冷的，最好的花雕不必烫热，就那么冷喝最能感觉酒的香气。日本高级酒像"十四代"，也都不煲，最多是室温，或喝暖的，日本人叫为"NURUKAN"，你一那么下命令，大师傅即刻知道你是老饕，绝对要好好招待。

寿司基本都是冷吃，一碗鲑鱼子和海胆丼，要是饭一热，就把食物焖熟了，还能吃出什么刺身的味道呢？饭团也基本上是冷的，包了一粒酸梅，或者一点点鲑鱼碎，就那么啃将起来，有谁在乎热吃？

在日本旅行，车站的便当叫作"驿便"，每一县份和地区做出来的都不同。火车旅行的最大乐趣也是在吃"驿便"。每一地区都有特色，到了松阪站当然有牛肉便当。去了北海道多数是螃蟹便当。下关出河豚，就有河豚便当了。百货公司有便当展览，集合全国的"驿便"，那是一年一两次的，长年都有的可在大都市的东京站、大阪站买到，乐趣无穷，但都是冷的。

冷东西吃多了，总得有点饮料来暖暖胃。从前的"驿便"配着一个陶器造的茶壶，中间放茶叶沏着热茶，免费赠送。后来这种手工陶壶已成为奢侈品，就用塑料茶壶代替，茶叶也不是散的，以茶包代替，风味尽失。

在韩国，所有的泡菜都是冷的，餐前供应的十几至二十样小菜，是韩国餐特点，最喜欢吃了。有时候还变本加厉，在冷面中加几块冰。而最好的冷面来自寒冷的朝鲜，证明冷食不一定在炎热的夏天才好吃。

日本人有他们一套的说法，他们一年四季都喝冷冻的啤酒。夏天喝，他们说："热死了，喝杯冷啤酒！"冬天喝，他们说："干死了，喝杯冷啤酒！"

回头说中国餐的冷菜，那简直是一个天地，无奇不有。基本上我爱吃浙江人的酱萝卜、鸭舌、马兰头、酱鸭、羊羔等等。大闸蟹上市时，做出来的酱蟹更是天下绝品，那种蟹膏的香味，是要吃到拉肚子才肯放下筷子的。

枪虾和血蚶，更是我的至爱。所有的冻食物，像葱爆鲫鱼冷藏后的鱼卵鱼啫喱、猪脚冻等等。也忘不了闽南人的土笋冻。

上海人还有一种失传了的鱼冻，那是用网袋把九肚鱼加入切碎了的雪里蕻煮了，挤出鱼汁来，再拿去做冻，好吃得不得了。

广东菜的冷食更千变万化，已不可一一枚举。他们做的烧金猪、烤乳猪当然不可冷吃，一冷了皮就不脆了，但是烧腊店里的半肥瘦叉烧，冷了更有一番滋味。

潮州人的鱼饭，基本上都是吃冷的，蘸了普宁豆酱，就那么吃，鲜美至极。冻蟹更是受欢迎。

赞美所有的冷食物，任何冷的我都喜欢。对于冷这个字，不喜欢的，只有冷言冷语。

闲谈酱料

食物一不咸， 就不好吃了。 西方人拼命撒盐， 我们用豆来增加盐的香味， 结果就是酱油了。

酱油有很多种， 粤人把色浓的叫为老抽， 淡的是生抽。 南洋人称前者为豉油， 后者为酱青。 去到北方就不分别了， 他们点醋多过用酱油， 到了餐厅请侍者来一点， 拿出来的也是黑漆漆的咸水， 并不那么讲究。

日本人的酱油也用得多， 吃寿司时一定要蘸， 用的是壶底的那部分， 称之为"溜"（TAMARI）， 较浓， 带天然的甜味。 一般家庭用的， 则只是大量生产的"万"字牌酱油了， 也有好处， 那就是用来煮东西时，不会发酸。吃拉面时是不加酱油的，所以你到拉面店，桌子上看不到。

除了一般酱油之外，中国台湾人还点酱油膏，那是经过粉和糖处理过的一种调味品，非常之浓，用来点灼熟的东西特别美味。通常以西螺地区出产的最佳，请认清是"瑞春酱油厂"的"正荫油"，指定是"梅级"的方为上选。

再下来就是醋了，没有酸味的刺激，胃口也不振，尤其是以醋当作饮品的镇江人，不可一日无此君。任何谷类或果实都能够制成醋，还有一句"酿酒不成便为醋"的古话呢。最基本的应该是米醋吧。意大利人也着重吃醋，桌子上必有橄榄油和醋，他们讲究陈醋，一小瓶古董的，卖价比金子还要贵。

辣椒酱是四川人和南洋人的命根，其实墨西哥人也都吃辣，美国南方人亦好，所产之小玻璃樽辣酱"TABASCO"风行全球。印度反而没什么辣酱，东南亚的花样多，加盐加糖加醋。

近年兴起的是ＸＯ辣酱，连西方名厨也惊为天物，将它纳入菜谱之中。大家都承认这是香港人的杰作，也有人说是半岛嘉麟楼最先做的。但我们都知道，这是由导演朱牧先生的太太韩培珠原创，当年她做来送朋友吃，从不公开她的秘方。后来的大厨也纷纷抄袭，但味道远不如韩女士的，我们幸好是有福气尝到的一群。

很多人以为北方人不会欣赏鱼露，但虾油是吃涮羊肉时的重要佐料之一，那也就是鱼露的一种。在南方，潮州人最爱用鱼露，他们移民到南洋，把这文化带到泰国，鱼露也更成为越南的国食之一了。

原来日本人也用鱼露，秋田的"SHYOTSURU"最闻名，用一种叫"HATA HATA"的鱼腌制。出现在市面上的也有各种鱼浸出来的鱼露，其中的甜鱼"鲇"（AYU）做得最受欢迎，九州岛产居多。

西方的酱料影响到中国菜的是"WORCESTERSHIRF SAUCE"，名字太长，通常我们叫为喼汁。由 LEA&PERRIN（奎派林）厂制作，从前是家药水店。这个酱原来是用麦做的醋，做完放置多年没人来取，刚要把这桶东西丢掉时拿出来一试，味道好得不得了，从此闻名。中国菜中凡是炸出来的东西，都可以点这种喼汁，师傅们还把它发展到各种菜式里去。在日本，吃炸猪扒的酱，也由这个西方酱汁演变出来。

KETCHUP（番茄酱）这个字西方料理专家都认为是福建人发明的，马来人也用了，后来又传回西方去，它已成为美国人不可缺少的一种酱料，热狗非加茄汁不可。其实它是大量生产的，加了很多薯粉和糖醋，与意大利人做的天然薯茄酱截然不同。KETCHUP 这个名词留在印度尼西亚人生活中，变成"浓酱"的代名词，他们最爱淋的甜酱油，就叫"KECAP MANIS"了。

热狗中的另一种酱就是芥末酱，美国人吃的不呛鼻，又带甜。原产的是英国"COLMAN"，我们都很亲切地叫它为"牛头牌"，也用于各种中式菜里面。中国广东餐桌上必有一碟红色辣椒酱和黄色芥末酱，优待客人时还叫为"免茶芥"。至于闻名于世的法国"DIJON"芥末，却是非常温和的。

奶油酱"MAYONNAISE"基本上是用蛋黄、橄榄油、醋，加上甜椒、盐、芥末和糖做成的，吃沙律时已少不了它，用薯仔蔬菜和水果小方块，加奶油酱拌得一塌糊涂，就是沙律的印象了。粤菜的炸物中也用， 中国台湾人也爱吃。 青竹笋上淋了奶油酱， 特别有风味。

真正老饕爱吃的奶油酱叫"AIO LI"， 西班牙的加特兰人做的最正宗， 先把大蒜捣碎， 就在臼子中加蛋黄和橄榄油， 就此而已。 做时一定要沿顺时针方向捣拌， 橄榄油徐徐加入， 家庭主妇最为拿手， 但传统是她们不能在月事期间做这种酱料， 否则发得不够均匀。 用它来煮海鲜或肉， 就那么点面包下酒也行， 好吃得不得了。

当今奶油酱料的发展已愈来愈丰富和复杂， 而且代表了一个国家的菜。 像山葵（WASABI）加奶油的， 就是日本菜； 大蒜辣椒酱加泡菜汁的， 就是韩国菜； 冬荫功料拌出来的是泰国菜； 宫保鸡丁酱当然是中国菜。 将所有的酱料拌在一起， 粤人叫为混酱， 是"混账" 的意思。

・・・

水

    从小，我就没喝过由水龙头流出来的水。

    首先，是蓄水池的水不够干净；再者，喉管老化生锈，流出黄泥颜色的水来。记得奶妈要缝一小布袋，绑在喉口，一两星期后变色，马上得换新的。

    就算过滤，大人也不让我们喝，一定要煲过，等水凉后装入玻璃瓶中，再用个杯盖之。玻璃瓶用久了，底部的沉淀物愈来愈多，有时还会长出些幼毛来，当今想起十分恐怖，但当年大人说不要紧的。

    这种情形之下的水哪里讲得上好喝，口渴了不是喝可乐，就学爸爸饮功夫茶。家父对沏茶水的要求是极高的，一大早就要叫我们四个儿女到花园中采集露水，忙个半天，也收不到一杯半瓶。

一直不知清水的味道，直到去了日本。小公寓房中连冰箱也没买，一开水喉，流出来的水是冰凉的，清澈无比，喝出带甜的味道来。

这是什么水？问人。地下水呀，回答道。

地下水，原来是大地上的水渗透到地底，经沙石和火山岩过滤，蓄存在地下的一个空间，人们再放一条管下去把水抽出来，就是地下水。如果附近有火山加热，那么喷出来的，就是温泉了。

当年还不知道浪费，买了水果就放在水龙头下冲，冲久了苹果葡萄都变得冰凉，更好吃。大家都那么做，就不知道节省用水了。半世纪下来，东京的地下水被抽光了，大家只有买瓶装水来喝。

在香港定居后，最早买的是崂山矿泉水，有咸的也有淡的，这广告词句，相信很多老香港会记得。一箱箱地买，由裕华百货送来。为什么知道崂山水好喝？大醉之后，醒来，喝口煮沸过放凉的水，和喝一口矿泉水，就明白前者一点味道也没有，而后者是甘甜的。

大地的水已受污染，从此和矿泉水结下不尽的缘，走到哪里，都要买来喝之。而瓶装的所谓蒸馏水呢？最讨厌了，不但毫无味道，况且什么物质都被蒸馏滤光，拿来浇花，花也会死去的。

崂山矿泉大概也被抽得干枯了，产品很难买得到，用什么代替呢？只有随处都能购入的"EVIAN"（依云）了。它的确润滑带有甜味，和其他矿泉水一比，即刻喝出分别，像同样是法国产的"富维克”（VOLVIC），就平淡得多，也喝不出甜味。

在外国旅行时，西餐腻而生厌，只有喝有汽的矿泉水来解闷。喝得最贵的是法国的“PERRIER”（巴黎水），被美国加州人奉为水中之香槟，好喝吗？一点也不好喝，尤其是加了柠檬味的，各位不信，可与崂山的有汽矿泉水一比，就知输赢。

说到有汽矿泉水，首选还是意大利的“SAN PELLEGRINO”（圣培露），它让客人一喝就有满足感，是别的有汽矿泉水中找不到的。去到法国餐厅，叫一瓶有汽的水，摆架子而无实际的会给你“PER-RIER”。但真正好的餐厅，对意大利的还是俯首称臣，一定会给你“SAN PELLEGRINO”，你走进一间法国餐厅，看他给你这一瓶，就是信心的保证了。

在欧洲的食肆一叫水，侍者即会问“CON GAS、SINGAS”？那就是有汽和无汽之分。如果不想混淆，没有汽的叫“SPRING WATER”（泉水）。有汽的叫“SPARKLING”（气泡水）好了，就不会弄错。

在亚洲喝矿泉水，除了日本，都不十分可靠，有的还用自来水来冒充呢。我劝诸君，还是喝啤酒稳当，要不就来瓶可乐吧。

日本是例外，政府的检测严格，绝对不允许商家乱来，各种矿泉水都有一定的水平。至于哪种最好？我有一群专门研究喝茶的朋友，试过几乎所有的瓶装矿泉水，都一致认为北海道的“秘水”是天下第一。

当今韩国饮食崛起，市面出现了不少优质的矿泉水，如韩国蔚山广域市蔚洙郡的思帕光，韩国深海的舒尔海洋深层水等等。试过了，对不起，虽然我是韩国大粉丝，也不觉得有什么特别。

反而是很容易买到的斐济维提岛的"EIJI"好喝，天涯海角的产品，没有受到太多的污染，信得过。

友人住加拿大，说冰川的矿泉水大把，又是几亿年的冰块融解的等等，问说有没有兴趣做代理？有不断的货源可以供应，我即刻摇头拒绝。

要知道，生产一种矿泉水的资本是庞大的，不是水值不值钱的问题，是需要一大商业机构来大力推广，所花的广告费是惊人的，一旦可以进入市场，又受资金被压住的风险，有很多百货公司会大量地取货，但交不出钱来。

喝威士忌，如果不是单一麦芽的，混合威士忌是可以加冰掺水的，那更要一瓶好矿泉水了，不然浪费掉整瓶酒了。就算是单一麦芽的佳酿，也可以滴一两滴佳泉进去，让气味打开。卖威士忌的地方会给你一个吸管，像小时喝药水的那种，把一头的橡皮球一按，就能吸出几滴来，甚是好玩。

活在当下，什么都可以省，水不能省吧？趁还能在地下挖出干净的水，多花一点钱，买瓶信得过的水吧！

咸酸甜

吃饭时觉得味寡，非来点咸的不可，本来应该归于泡菜类，但也有小公鱼等，不完全是素的，也不一定用盐来腌制，潮州人称之为咸酸甜，较为恰当。

代表咸酸甜的，是马来人的泡菜，叫"ACHARACHAR"，用黄瓜、豆角、菠萝、椰菜（高丽菜)、胡萝卜，切成条状。黄瓜、青椰菜腌盐脱水，其他略尜。小洋葱、辣椒干、香茅、南姜、韭黄、虾米碎、叻沙花、石栗和芫荽籽，加烤香马来盏用石臼舂碎，热锅加油，以文火耐心不断兜炒，直到闻着香味，拌入芝麻和花生碎，用盐、糖和罗望子汁调味，就能做出咸酸甜的味道来。

最近我吃得较多是"虾米雪里蕻"，很容易做：先到菜市场买雪里蕻，可以多一点，浸在滚过放凉的水中，至少三四小时，取出，切得有多细是多细。另一边厢，发上等虾米。用大量的蒜头，刀背略略拍拍，最后把一两颗指天椒切成小圈。

食材准备好了，就可以开始炮制：油下镬，待冒烟，放入大蒜爆之，这时可以下虾米和雪里蕻下去炒。须勤力，如果太干，则可下一点浸虾米的水下去。加白糖，试味，如果雪里蕻浸得过久咸味尽失的话，那么可以滴鱼露；再试味。总之第一次做的话，都要试到你自己中意为止。最后，下指天椒，大功告成。

这一道菜已炒干，放入冰箱后随时可以拿出来吃，不会因有水分而发霉，能贮放甚久，吃粥下饭送酒皆宜。

另一道是"榨菜珧柱"。去南货店买一个四川榨菜，洗净揉干后切丝，再买一个台湾人做的榨菜，不咸，带甜，也切丝，两种泡菜混合在一起，味道才能中和。

准备好后，到海味店买江珧柱，大粒的才好，也不必要贵价全粒的，碎块的就可以，浸水后发开，再撕成丝，和榨菜丝一块炒，炒至水干就能吃了。如果嫌太咸，可加白糖，用塑料盒装起，随时拿出来吃。

做好要即食的是"酱萝卜"，这一道菜天香楼做得最好，模仿杭州菜的馆子也照做，但怎么做都没有天香楼的味道，这不是什么高科技，不够勤力而已。

我们可以自己泡，再简单不过了。首先，买白萝卜，切片，用盐揉之。早上做，中午已会泡出很多水分，将水倒掉，这时就可以加糖去揉了。 过一会儿， 放一点五香粉， 添一两颗八角， 淋生抽， 泡到晚上就能上桌。

但这道菜要吃新鲜， 放在冰柜中一两天没问题， 超过了就不好吃了。 天香楼的那么美味， 也全靠每一早就做一份， 现做现吃。

"鱼露泡芥菜" 选的是大芥菜头的心， 切片后加蒜头和糖、 鱼露和指天椒泡之。 我那篇 "蔡家泡菜" 中有详细的做法， 在这里就不赘述了。

最近我还试做过 "朝鲜泡菜"。 那就是买一个巨大的韩国水晶梨， 如果找不到可用日本 20 世纪梨代替： 把梨的中间挖出一个洞来， 再把韩国泡菜塞进去， 挖出来的梨肉也不必浪费， 切成丝一块腌渍。 因为泡白菜永远不如韩国本地人做得好， 可以不必自己花工夫， 买现成的好了。 这道菜本来要泡上一年半载才入味， 但是我没那么多时间， 泡个几星期就拿出来吃， 也比韩国泡菜好吃得多了。

泡个两天就能上桌的还有北京人最拿手的 "芥末墩"， 本来的方法是用大白菜的芯， 揉以黄色芥末和糖， 非常美味。 这道菜要放在冰箱内冻过更好吃。

变化出来的是： 同个方法， 用日本山葵和糖泡白菜芯， 是绿色； 用韩国辣椒酱和糖泡白菜芯， 是红色。 做起 "三色墩" 来， 又好看又好吃， 还有一点小秘诀， 那就是把大蒜切成薄片夹在白菜叶中间， 味更浓， 这也是因为我特别喜欢大蒜的缘故， 不爱吃的免了。

相同原理， 我还用白木耳去泡： 把白木耳发了， 滚水之中拖一拖， 可以做成一朵朵、 三种不同颜色的泡菜花来， 非常悦目， 但木耳无味，可以泡前用白醋揉之。

另外几种小吃用芝士来做。到 CITY SUPER（港资百货超市）去买一盒意大利的软芝士（MASCAPONE），选"GALBANI"牌子的好了，再到日本食品部买一罐海参肠盐渍的"酒盗"，把两者混合，放在小饼干上面，送进口下酒。真如日本人说的，可以偷酒喝了。

长条的羊芝士，吃上瘾的话愈臭愈好，但是闻不惯羊膻味的，可以把这种长条的芝士炮制。买一盒日本味噌，挖一长方形的洞，整块芝士塞进去，腌渍它两三个星期，拿出来送酒，你会发现那么一大块芝士，一下子吃光。

上次去莫斯科，在菜市场中看到他们的泡菜，林林总总，数不胜数，也不一定用蔬菜，水果也能泡之。他们只用盐水，自然发酵出酸味来，虽然不错，但单调了一点。我用酱油、鱼露来泡，如果不够酸甜，可加白醋和糖。也能加蚝油来泡，像椰菜泡醋和蚝油，就和他们的完全不同。再向韩国人学习，他们在菜叶之中夹上鱼肠，我们可以用小只的生蚝代之。

总之，一旦让想象力奔放，又会是另一个味觉世界，吃不到，想想也开心。

鱼中贵族

最好吃的鱼之一，是"七日鲜"，身扁平，属比目鱼或鲽鱼科。鲽鱼种类甚多，眼睛的方向不同，也叫成左口或右口。体积也各异，大西洋中抓到的，可达三百六十五厘米长，身重一百五十公斤，当成刺身，可分给一千人吃。

"七日鲜"已被我们吃得快要绝种，剩下的还有方脷，也极稀少。在市场中出现时，小贩叫住倪匡兄来买，吃鱼专家的他，叫小贩把鱼翻过肚子来看，是洁白带粉红色的才是正货。如果看到的是带有黑斑的，蒸出来后会发现肉质粗糙，并且有渣滓。故看鱼，也要有慧眼。

倪匡兄一生吃鱼无数，几十年前我们到"北园"，大厨钟锦前来，说有一尾青衣，要还是不要？倪匡兄皱起眉头："杂鱼嘛，怎吃？"

当今这些普通的珊瑚鱼也已经是宝贝了，就像平民也能选中当总统，古时之皇帝皇后一个个地消失。海洋的污染是最大的原因，另外，正如环保广告所说"不要购买，就没有杀戮"，我们当然也不鼓励吃那些控制捕捞的鱼。

到日本料理店，当今大家都知道卖得最贵的是"喜知次鱼"，产于北海道，天气开始冷，肥油就长出来，全身脂肪时最美味，翅边还带有半透明的胶质物，香滑无比。

刚刚捕捞时才可当刺身，冷冻后只能"煮付"（NITSUKE）了。这是日本吃鱼的一种方式，用酱油、姜丝、牛蒡、香菇和大量清酒把鱼从生煮到熟，最适当时收火。你会发现除了刺身之外，煮鱼用这种方法最好。高手做起来，不逊我们的蒸鱼。

时间控制是数十年的功力，学来不易。我的改良版本是在锅中放清水、清酒、酱油以及一点点的糖和姜片一起煮滚，这时将洗净的鱼放了进去，肉一刚熟，即食。边煮边吃，虽然吃相不佳，但不失为最美味的吃法之一。

"喜知次鱼"是东京人爱吃，大阪人则把"喉黑"（NODOKURO）当宝。这种鱼很容易认出，翻开鱼鳃就能看到里面的颜色全黑，故称之。和"喜知次鱼"一样，也是全身脂肪，新鲜时可当刺身，多数是撒盐后烧烤。

除了这三种，日本还有一位贵族叫"金目鲷"（KINMETAI）。栖身于五百米的深海，捕捉到当天吃的叫"地金目鲷"，全身通红，五月下旬的最肥。伊豆稻取区产的已成名牌，叫"稻取金目"（KIN-MEI），有缘见到请即买即吃，天下美味也。

我们的年代较为幸福，奇珍异种的鱼吃得较多，当年也没人反对，只要有钱就能买到。不鼓吹，只当成一个记录：

在日本吃到的"天皇"还是"蓝鳍吞拿"（蓝鳍金枪鱼），全身甜美，不必只吃肚腩。当年老饕还嫌"TORO"（金枪鱼身上最美味的部位）太肥，只是吃其他部分，颜色较深，叫为"MAGORO"。当自己是专家的人，看到"MAGORO"，怕怕，以为是劣货。他们还没吃过真正日本海附近捕捞的，当然不知其美。印度和西班牙的金枪鱼，除了腹部之外肉质粗糙不堪，又毫无甜味，只能当罐头卖了。

当年还能吃到鲸鱼。那么大，好吃吗？极为美味，尤其是尾部，日本人叫为"ONOMI"（尾之身），其肥腴和甘美，很难用文字形容，食后方能理解日本人对鲸鱼的那种迷恋。

20世纪60年代开始，中国香港人最崇拜的是"老鼠斑"。白色，身上有黑色的斑点，嘴巴向上翘，有点像老鼠的，故称之。经20世纪70年代的经济起飞，再贵也有人买，结果你知道的啦，当然是吃得濒临绝种。当今在西贡或鲤鱼门的海鲜档中还能找到，卖为天价，但也不是正宗，品种相似而已，来自菲律宾。慕名而来者该死，吃不出味道，不必同情他们。

真正的"老鼠斑"，来自南沙群岛。倪匡兄这么形容："肉质纤细，带着一股清新的味道，像沉香。"

近年在友人家中吃到的，据说也是东沙的"老鼠斑"，肉质是不错，但哪里有那种倪匡兄所说的气味呢。

早年到北京或上海菜馆，菜单上必有鲥鱼，四季都能吃到，冻僵了运过来，但也是天下美味的，并不属于海鲜，而是生长在咸淡水交界。富春江出的鲥鱼最为出名了。

当今也被我们吃光。餐厅里的鲥鱼，多是南洋的品种，或者是珠江三角洲的三赖假扮的，卖得也很贵，大家吃得津津有味。倪匡则认为那是腥味，不是香味。

只有往河里找了，我们一起去了马来西亚。这种野生河鱼还是极多的，也不必吃什么忘不了之类的贵鱼，最普通的丁加兰、巴丁等也已经很美味，肚边的那层脂肪厚得不得了。会从河中跳跃而起，吃河边树上的果实。

张爱玲说，人生恨事之一，是鲥鱼多刺。请倪匡兄形容这种马来西亚的河鱼，他说："比鲥鱼的香气更重，肉质更细更肥，但除了中间脊骨之外，并没细骨。"

"喜知次鱼"的洋名叫"大手刺头"（BIGHAND THRONYHEAD），也许在欧美也能找到。但鱼再肥美，不会煮不行。还是我们清蒸的技巧最高，不像洋人那样煎烤，又挤大量柠檬汁才能完成。这是当时吃到的鱼多腐烂，只有用柠檬汁来遮羞，遗留下来的坏习惯，再改也改不了。

我们的蒸鱼要蒸到鱼肉刚刚好黐在鱼头。从前，老饕一看厨子把鱼蒸得过熟，就要翻桌子骂人，把好好一条鱼糟蹋掉了。

蒸鱼本事高的有流浮山的"海湾"，老板肥妹姐一有野生黄脚鱲就会打电话来，我们一群人即去品尝。黄脚鱲在厨房中蒸出来的香味，坐在餐厅中都能够闻到。一碟鱼捧出，有大有小，但蒸得每一条的火候都刚刚好，这时感到不只鱼是皇亲国戚，我们也是贵族。

...

谈荔枝

|||||||||||||||||||||||||||||||||||||||||

应东莞农业局的邀请，我去替他们推广荔枝。我也不是乱接这些宣传活动，只是吃遍岭南各地荔枝，还是觉得东莞的最好，这句话数十年前已经讲过。

当今乘车往广州，一路上都可以看到无数的荔枝树，年产已达一百五十万吨了。这么多荔枝如何销售？他们已和淘宝网合作，以最快的速度送到全国每一户人家的手上。物流的发达，令不可能成为可能，这是数年前还预想不到的事。

荔枝的品种有"糯米糍""桂味""观音绿"和"妃子笑"等等。"妃子笑"在每年的六月初就成熟，果大，近圆形或卵形，果皮淡红带绿色，果肉细嫩多汁，但始终带有点酸味，核又大。杨贵妃心急，一早想吃，倒不是吃到最好的品种。

苏东坡被贬去的惠州，所产荔枝据文献记载甚酸，也能"日啖三百颗"。如果他老人家可以尝到真正的"糯米糍"，不知是否要吃三千颗才能将息。

"妃子笑"过后"桂味"就来了，果皮鲜红，龟裂片凸起，尖锐刺手，中间绕着一圈平坦的，像一条胝纹，很容易认出。广西也产"桂味"，有人说是以该地为名，我们相信是因为有点桂花香气而起。爱上"桂味"的人，就不喜其他品种，都选它来吃。

"观音绿"无甚个性。说到荔枝，我最爱的还是"糯米糍"。不容置疑。它的果大，皮鲜红色，最美，龟裂痕平坦，果肉饱满，核极小，有时候还可以吃到核扁的，薄如纸，一粒荔枝全是果肉。要到六月下旬至七月上旬才成熟，得耐心等，吃到时非常满足。

当然有些是变了种的。路经果园，看过一颗大如苹果的，即刻下车向荔农要来吃，发现肉硬而无味，当地人叫它为"掟死牛"。"掟"系粤语，讲成普通话是"掷死牛"的意思。

喜欢吃荔枝的人，一定吃个不停，但总被家长或老婆喝止，说："一颗荔枝三把火。"我小时听到，总想，吃那么多粒，岂不把整间房子烧掉？才不管，一看到"糯米糍"，非吃它四五十颗不可，尤其到了果园亲自去摘的时候。

从树上采当然过瘾，但到达时，太阳把荔枝晒得温温暖暖，再好吃也不爽，还是由果农在天暗时摘了，再放进一桶水，把荔枝洗净，加大量的冰块，一粒粒取来送进口。拿多了，手指冻僵，那种感觉也是过瘾的。

吃多了脸长暗疮怎么办？这是女人最关心的事。民间存有种种偏方，说什么以毒攻毒，把荔枝皮拿去煲水来喝，就能解之。但要多少皮，煲多少水，煲多久呢？没有秘方，果皮的细菌或幼虫，煲过了当然会杀死，但农药犹存，总是感觉不妥，从来不会去那么做。

从前写过，吃荔枝也会吃出病来，是一种"低血糖症"。果实之中含有大量果糖，被胃吸收后必须由肝脏转化为葡萄糖，才能被人体利用。葡萄糖是好的，但果糖不能都及时地转化为葡萄糖，变成葡萄糖不足，毛病才会产生。

医治的方法是糖上加糖，补充一些葡萄糖，就行了。最普通的治法，还是喝点糖水就是。

荔枝还有一种品种叫挂绿，一般产自增城。我也去过，看到原树被铁栏杆包围住，还挖了一圈溘壕，怕被人家来偷采。这棵树所产的荔枝当然轮不到一般老百姓吃，但每年也有所谓的接枝挂绿卖，价钱贵得惊人。有一老友是增城人，也常送些给我，两粒装，放在一个精美的盒子里面，好吃吗？一点也不好吃，还带酸呢。

这回到东莞，有人宴客，也把荔枝做成菜肴，铺了面粉炸出来，样子难看，我没举筷。吃过荔枝菜，有些是塞了猪肉碎蒸的，但不如塞虾浆的好吃，海鲜和荔枝的配搭是相当对路的。如果甜上加甜，用荔枝来做拔丝，也不错吧。

许多水果，盛产了扔掉可惜，都装进罐头来卖，但都不好吃，不过荔枝是例外。罐头荔枝我一点也不介意，剩下的糖水也照喝不误。不逢季节时拿罐头荔枝来做啫喱，也很美味，吃多了不会上火吧？

一年大造，一年小造，是荔枝的特性，让果树休息一下，大自然很聪明。大造时满山遍野，采摘的人工钱更贵，就不去管它，让它掉下，这多可惜。如果农业部能出奖金鼓励，用科学方法保存，像苹果一样，就能一整年都有荔枝卖了。

更进一步，鼓励农民到澳洲去种，我们天冷那边天热。相反的时候，冬天就有荔枝从澳洲运来。澳洲生产的最初不行，运到时果实的皮已黑，慢慢地改进之下，当今的都还不错。如果有东莞人的技术去澳洲种，改良树种，让它更红更大更甜，相信又是一大笔生意。

当今物流的发达，不但让中国各省有新鲜的荔枝吃，也可以运到日本、韩国甚至欧洲去。我在日本留学当年，看到银座最高级的水果店"千匹屋"有荔枝卖，虽然价高，而且果皮已变黑，但为了思乡，也去买来吃。在巴黎伦敦的酒店自助早餐时，看到罐头荔枝，见洋人吃得津津有味，要是有新鲜的，那么连手指也要嗍个干净吧？

想起唐朝当年，不知道要跑死多少匹骏马才让贵妃吃到，也真可怜。

...

可否食素?

············| | | | | | | | | | | | | | | | | | | | | | | | | | | | | | | | |·············

"妈妈, 去吃些什么?" 小时候我问妈妈。

星期天, 不开伙食, 一家大小到餐厅吃顿好的, 妈妈回答:"今天是你婆婆的忌辰, 吃斋。"

"斋字怎么写?"

看到一个像齐的字, 妈指着纸:"这就是斋了。"

桌上摆满的, 是一片片的叉烧, 也有一卷卷炸了出来的所谓素鹅。 最好笑的, 是用一个模型做出一只假得很不像样的鸡来。

吃进口, 满嘴是油, 也有些酸酸甜甜, 所有味觉都相似, 口感亦然。 一共有十道菜, 吃到第三碟, 胃已胀, 再也吞不下去了。

"什么做的？" 我问。

"多数是豆制品。" 爸爸说。

"为什么要假装成肉，干脆吃肉吧！" 这句话，说到今天。

西方人信教，说心中产生了欲望，就是有罪了。我们的宗教还不是一样？看着假肉吃肉，等于吃肉呀。从此，对于这些伪善者，打从心中看不起。

我有一个批评餐厅的专栏，叫"未能食素"，写了二十多年了。读者看了，问："什么意思？"

"还没有到达吃素的境界，表示我还有很多的欲望，并不是完全不吃斋的。" 我回答。

"喜欢吗？"

"不喜欢。" 我斩钉截铁。

到了这个阶段，可以吃到的肉，都试过，从最差的汉堡包到最高级的三田牛肉。肉好吃吗？当然好吃，尤其是那块很肥的东坡肉。

蔬菜不好吃吗？当然也好吃，天冷时的菜芯，那种甘甜，是文字形容不出。为什么不吃斋呢？因为做得不好呀，做得好，我何必吃肉？

至今为止，好吃的斋菜有最初开张的"功德林"，他们用粟米须炸过，下点糖，撒上芝麻，是一道上等的佳肴，到现在还记得清清楚楚。当今，听人说大不如前。

在日本的庙里吃的蔬菜天妇罗，精美无比。有一家叫"一久"的，在京都大德寺前面，已有五百多年历史，二十几代人一直传授下去，菜单写着"二汁七菜"，有一饭，即是白饭。一汁，味噌汤。木皿，青瓜和冬菇的醋渍。另一木皿是豆腐、烤腐皮、红烧麸、小番薯、青椒。平椀（碗），菠菜和牛蒡。猪口（名字罢了，没有猪肉）芝麻豆腐。小吸物，葡萄汁汤。八寸：炸豆腐、核桃甘煮、豆子、腌萝卜茄子、辣椒。汤桶，清汤。

用的是一种叫朱椀的红漆器具，根据由中国传来的佛教餐具制作。漆师名叫中村宗哲，是江户时代的名匠。用了二百年，还是像新的一样，当然保养得极佳。这是招待高僧的最佳服务。

但是吃那么多，是和尚的心态吗？如果是我，一碗白饭，一碗汤，一些腌菜，也就够了吧？

吃斋应该有吃斋的意境，愈简单愈好，像丰子恺先生说，修的是一颗心。他也说过，其实喝白开水，也杀了水中的细菌。而且，佛经上，没有说不能吃肉的记载，都是后来的和尚创造出来的戒条。

日本人称吃素为"精进料理"，"精进"这两个字也不是什么禅宗的说法，吃的是日常的蔬菜，山中有什么吃什么，当然用心去做，也是修行的道理。做得精一点不违反教条，所以叫成"精进料理"。

各种日本菜馆已经开到通街都是，就是没有人去做"精进料理"。在中国各大城市，如果开一家，是大有钱可赚的。

吃素我不反对，我反对的是单调，何必尽是什么豆腐之类呢？东京有一家叫"笹之雪"的，店名好有诗意，专门卖豆腐。叫一客贵的，竟有十九至二十道豆腐菜，我吃到第四五道，就发噩梦，豆腐从耳朵流出来。

何必一定要吃豆腐、腐皮、蒟蒻呢？一般的豆芽、芥蓝、包心菜、 西红柿、 薯仔等等， 数不胜数， 花一点心思， 找一些特别的， 像海葡萄， 一种海里的昆布， 口感像鱼子酱， 好吃得不得了。 哎呀！ 这么一想， 又是吃肉了。

各种菇类也吃个不完， 一次到了云南， 来个全菌宴， 最后把所有的菇都倒进锅里吃火锅。 虽然整锅汤甜得不能再甜， 但也会吃厌。

我喜欢的蔬菜有春天的菜花， 那种带甜又苦的味道百吃不厌， 又很容易烫熟， 弄个方便面， 等汤滚了放一把菜花进去， 焖一焖即熟， 要是烫久了就味道尽失。 就是中国香港的菜市场没有卖， 我每到日本都买一大堆回来。

还有苦瓜呢， 苦瓜炒苦瓜这道菜是把烫过的和未烫的苦瓜片， 用滚油来炒， 下点豆豉， 已经是一道佳肴。 如果蛋算是素的话， 加上去炒更妙。

人老了， 什么都尝过时， 还是那碗白饭最好吃。 我已经渐渐地往这条路去走， 但要求的米是五常米或者日本的艳姬米， 炊出来的白饭才好吃。 这一来， 欲望又深了， 还说什么吃斋呢？ 还是未能食素！

...

喜欢吃东西的人,基本上都有一种好奇心

有个聚会要我去演讲, 指定要一篇讲义, 主题说吃。 我一向没有稿就上台, 正感麻烦。 后来想想, 也好, 作一篇, 今后再有人邀请就把稿交上, 由旁人去念。

女士们、 先生们: 吃, 是一种很个人化的行为。 什么东西最好吃? 妈妈的菜最好吃。 这是肯定的。 你从小吃过什么, 这个印象就深深地烙在你脑里, 永远是最好的, 也永远是找不回来的。

老家前面有棵树, 好大。 长大了再回去看, 不是那么高嘛, 道理是一样的。 当然, 目前的食物已是人工培养, 也有关系。 怎么难

吃也好，东方人去外国旅行，西餐一个礼拜吃下来，也想去一间蹩脚的中菜厅吃碗白饭。洋人来到我们这里，每天鲍参翅肚，最后还是发现他们躲在快餐店啃面包。

有时，我们吃的不是食物，是一种习惯，也是一种乡愁。一个人懂不懂得吃，也是天生的。遗传基因决定了他们对吃没有什么兴趣的话，那么一切只是养活他们的饲料。我见过一对夫妇，每天以即食面维生。

喜欢吃东西的人，基本上都有一种好奇心。什么都想试试看，慢慢地就变成一个懂得欣赏食物的人。对食物的喜恶大家都不一样，但是不想吃的东西你试过了没有？好吃，不好吃？试过了之后才有资格判断。没吃过你怎知道不好吃？吃，也是一种学问。这句话太辣，说了，很抽象。爱看书的人，除了《三国演义》《水浒传》和《红楼梦》，也会接触希腊的神话、拜伦的诗、莎士比亚的戏剧。

我们喜欢吃东西的人，当然也须尝遍亚洲、欧洲和非洲的佳肴。吃的文化，是交朋友最好的武器。你和宁波人谈起蟹糊、黄泥螺、臭冬瓜，他们大为兴奋。你和海外的香港人讲到云吞面，他们一定知道哪一档最好吃。你和台湾人的话题，也离不开蚵仔面线、卤肉饭和贡丸。一提起火腿，西班牙人双手握指，放在嘴边深吻一下，大声叫出：U mmmmm。

顺德人最爱谈吃了。你和他们一聊，不管天南地北，都扯到食物上面，说什么他们妈妈做的鱼皮饺天下最好。政府派了一个干部到顺德去，顺德人和他讲吃，他一提政治，顺德人又说鱼皮饺，最后干部也变成了老饕。

全世界的东西都给你尝遍了， 哪一种最好吃？ 笑话。 怎么尝得遍？ 看地图， 那么多的小镇， 再做三辈子的人也没办法走完。 有些菜名， 听都没听过。 对于这种问题， 我多数回答："和女朋友吃的东西最好吃。"

的确， 伴侣很重要， 心情也影响一切， 身体状况更能决定眼前的美食吞不吞得下去。 和女朋友吃的最好， 绝对不是敷衍。 谈到吃， 离不开喝。 喝， 同样是很个人化的。 北方人所好的白酒， 二锅头、 五粮液之类， 那股味道， 喝了藏在身体中久久不散。 他们说什么白兰地、 威士忌都比不上， 我就最怕了。 洋人爱的餐酒我只懂得一点皮毛， 反正好与坏， 凭自己的感觉， 绝对别去扮专家。 一扮， 迟早露出马脚。 成龙就是喜欢拿名牌酒瓶装劣酒骗人。 应该是绍兴酒最好喝， 刚刚从绍兴回来， 在街边喝到一瓶八块人民币的"太雕"， 远好过什么八年十年三十年。 但是最好最好的还是香港"天香楼"的。 好在哪里？ 好在他们懂得把老的酒和新的酒调配， 这种技术内地还学不到， 尽管老的绍兴酒他们多得是。 我帮过法国最著名的红酒厂厂主去试"天香楼"的"绍兴"， 他们喝完惊叹东方也有那么醇的酒， 这都是他们从前没喝过之故。

老店能生存下去， 一定有它们的道理， 西方的一些食材铺子，如果经过了非进去买些东西不可。 像米兰的 Ilsalumaio 的香肠和橄榄油， 巴黎的 Fanchon 面包和鹅肝酱， 伦敦的 Forthum&Mason 果酱和红茶， 布鲁塞尔 Godiva 的朱古力， 等等。 鱼子酱还是伊朗的比俄国的好， 因为从抓到一条鲟鱼， 要在二十分钟之内打开肚子取出鱼子。上盐， 太多了过咸， 少了会坏， 这种技术， 也只剩下伊朗的几位老匠人会做。

　　但也不一定是最贵的食物最好吃，豆芽炒豆卜，还是很高的境界。意大利人也许说是一块薄饼。我在那波里也试过，上面什么材料也没有，只是一点番茄酱和芝士，真是好吃得要命。有些东西，还是从最难吃中变为最好吃的，像日本的所谓什么中华料理的韭菜炒猪肝，当年认为是咽不下去的东西，当今回到东京，常去找来吃。

　　我喜欢吃，但嘴绝不刁。如果走多几步可以找到更好的，我当然肯花这些工夫。附近有家藐视客人胃口的快餐店，那么我宁愿这一顿不吃，也饿不死我。

　　你真会吃东西！友人说。不。我不懂得吃，我只会比较。有些餐厅老板逼我赞美他们的食物，我只能说："我吃过更好的。"但是，我所谓的"更好"，真正的老饕看在眼里，笑我旁若无人也。谢谢大家。

逛菜市场是最享受的时候

广东道和奶路臣街之间的旺角市集是我最喜欢去的一个菜场。

不要误会，我指的并不是政府建的那座菜市，而是街上的和路旁的小店铺及摊档。第一，它有个性，摆到道路中央，警察每天来抓，等他们走后，小贩摆满货物，大做其生意。

买菜，是一种艺术，和烹饪是呼应的。好厨子不规定今晚要炒些什么，看当天有什么新鲜或新奇的材料，就弄什么菜。

当然，无可选择的酒楼师傅又另当别论，而且，菜色一商业化，就失去了私人的格调和热爱，也是极可悲之事。

怎么样能买到好材料呢？以什么水平评定它的优劣？

这都要靠经验和爱好，没有得教的。

像一个当店学徒，他不是一生下来就会鉴定一件东西的好坏和价值，必要多看，多吃亏，最后才能成为高手。

到菜市场去逛一圈，就像去了字画铺，像进去一个古董拍卖场，必须从容不迫，悠闲地选择。

最贵的材料并不一定是最好的。比方说猪肉吧，猪排、梅肉条等部分价高，但是一只猪最好吃的方位包围在肺部外层，俗称的"猪肺捆"。它的肉纤维短而幼细，又略带肥肉和软骨，味浓而香，是上上肉，也是价钱最低微的肉。炒、红烧等皆可，滚汤更是一流。

煮完捞出来切片，蘸浓酱油和大蒜蓉，美味无比，试试就知。如遇新鲜者，择而购之，肉贩都会称赞你。

在市场游荡之间，忽然，你的眼中一亮，因为你看到一种新鲜得发光的材料，那你的脑中即刻计算要以什么菜去陪衬它后，便要狠狠下手去买，贵一点也不成问题。

菜市场的菜，贵极有限，少打一场麻将，少输几场马，少买几张六合彩，已经足够你要买任何一样东西。

逛菜市场是最享受的时候，有如追求女人，等到下手去买，便等于上了床。

...

天天能吃到面，也是一种幸福

我已经不记得是什么时候起，成为一个面痴。只知从小妈妈叫我吃白饭，我总推三推四；遇到面，我抢，怕给哥哥姐姐们先扫光。"一年三百六十五日，天天给你吃面好不好？"妈妈笑着问。我很严肃地大力点头。

第一次出国，到了吉隆坡，联邦酒店对面的空地是的士站，专坐长程车到金马仑高原，三四个不认识的人可共乘一辆。到了深夜，我看一摊小贩，店名叫"流口水"，服务的士司机。肚子饿了，吃那么一碟，美味至极，从此中面毒更深。

那是一种叫福建炒面的，只在吉隆坡才有，我长大后去福建，也没吃过同样味道的东西。 首先， 是面条， 和一般的黄色油面不同， 它比日本乌冬还要粗， 切成四方形的长条。 下大量的猪油， 一面炒一面撒大地鱼粉末和猪油渣， 其香味可想而知， 带甜， 是淋了浓稠的黑酱油， 像海南鸡饭的那种。 配料只有几小块的鱿鱼和肉片， 炒至七成熟， 撒一把椰菜豆芽和猪油渣进去， 上锅盖， 让料汁炊进面内， 打开锅盖， 再翻兜几下， 一碟黑漆漆、 乌油油的福建炒面大功告成。

有了吉隆坡女友之后， 去完再去， 福建炒面吃完再吃， 有一档开在银行后而， 有一档在卫星市 PJ（吉隆坡最早的卫星市八打灵再也）， 还有最著名的茨厂街"金莲记"。

最初接触到的云吞面我也喜欢， 记得是"大世界游乐场" 中由广州来的小贩档， 档主伙计都是一人包办。 连工厂也包办。 一早用竹升打面， 下午用猪骨和大地鱼滚好汤， 晚上卖面。 宣传部也由他负责， 把竹片敲得笃笃作响。

汤和面都很正宗， 只是叉烧不同。 猪肉完全用瘦的， 涂上麦芽糖， 烧得只有红色， 没有焦黑， 因为不带肥， 所以烧不出又红又黑的效果来。 从此一脉相传， 南洋的叉烧面用的叉烧， 都又枯又瘦。 有些小贩手艺也学得不精， 难吃得要命， 但这种难吃的味道已成为乡愁， 会专找来吃。

南洋的云吞面已自成一格， 我爱吃的是干捞， 在空碟上下了黑醋、 酱油、 西红柿酱、 辣酱。 面渌好， 甩干水分， 混在酱料中，上面铺几条南洋天气下长得不肥又不美的菜芯， 再有几片雪白带红的叉烧。 另外奉送一小碗汤， 汤中有几粒云吞， 包得很小， 皮多馅少。致命的引诱，是下了大量的猪油渣，和那碟小酱油中的糖醋绿辣椒，有这两样东西，什么料也可以不加，就能连吃三碟，因为面的份量到底不多。

二十世纪六十年代到了日本，他们的经济尚未起飞，民生相当贫困。新宿西口的车站是用木头搭的，走出来，在桥下还有流莺，她们吃的宵夜，就是小贩档的拉面。凑上去试一碗，那是什么面？硬绷绷的面条，那碗汤一点肉味也没有，全是酱油和水勾出来的，当然下很多的味精，但价钱便宜，是最佳选择。

当今大家吃的日本拉面，是数十年后经过精益求精的结果，才有什么猪骨汤、面豉汤底的出现，要是现在各位吃了最初的日本拉面，一定会吐出来。

方便面也是那个年代才发明的，但可以说和当今的产品同样美味，才会吃上瘾，或者说是被迫吃上瘾吧！那是当年最便宜最方便的食物，家里是一箱箱地买，一箱二十四包，年轻胃口大，一个月要吃五六箱。什么？全吃方便面？一点也不错，薪水一发，就请客去，来访的友人都不知日本物价的贵，一餐往往要吃掉我的十分之八九的收入，剩下的，就是交通费和方便面了。

最原始的方便面，除了那包味精粉，还有用透明塑料纸包着两片竹笋干，比当今什么料都不加的豪华，记得也不必煮，泡滚水就行。医生劝告味精吃得太多对身体有害，也有三姑六婆传说方便面外有一层蜡，吃多了会积一团在肚子里面。完全是胡说八道，方便面是恩物，我吃了几十年，还是好好活着。

到韩国旅行，他们的面用杂粮制出，又硬又韧。人生第一次吃到一大汤碗的冷面， 上面还浮着几块冰， 侍者用剪刀剪断， 才吞得进去。 但这种面也能吃上瘾， 尤其是干捞， 混了又辣又香又甜的酱料进去， 百食不厌， 至今还很喜欢， 也制成了方便面， 常买来吃。至于那种叫"辛" 的即食汤面， 我就远离， 虽然能吃辣， 但就不能喝辣汤， 一喝喉咙就红肿， 拼命咳嗽起来。

当今韩国作为国食的炸酱面， 那是山东移民的专长， 即叫即拉。走进餐馆， 一叫面就会听到砰砰的拉面声， 什么料也没有， 只有一团黑漆漆的酱， 加上几片洋葱， 吃呀吃呀， 变成韩国人最喜欢的东西， 一出国， 最想吃的就是这碗炸酱面， 和中国香港人怀念云吞面一样。

说起来又记起一段小插曲， 我们一群朋友， 有一个画家， 小学时摔断了一只胳臂， 他是一个孤儿， 爱上另一个华侨的女儿， 我们替他去向女友的父亲做媒， 那家伙说我女儿要嫁的是一个会拉面的人， 我们大怒， 说你明明知道我们这个朋友是独臂的， 还能拉什么面？ 说要打人， 那个父亲逃之夭夭。 去到欧洲， 才知道意大利人是那么爱吃面的， 但不叫面， 叫粉。 你是什么人， 就吃什么东西；意大利人虽然吃面， 但跟我们的完全不同， 他们一开始就把面和米煮得半生不熟， 就说那是最有"齿感" 或"咬头" 的， 我一点也不赞成。 唯一能接受的是"天使的头发" （Capflli D'anQelo)， 它和云吞面异曲同工。 后来， 在意大利住久了， 也能欣赏他们的粗面， 所谓的意粉。

意粉要做得好吃不易， 通常照纸上印的说明， 再加一二分钟就能完美。 意大利有一种地中海虾， 头冷冻得变成黑色， 肉有点发霉。

但别小看这种虾， 用几尾来拌意粉， 是天下美味。 其他的虾不行。用香港虾， 即使活生生的， 也没那种地中海海水味。 谈起来抽象，但试过的人就知道我说些什么了。

也有撒上乌鱼子的意粉， 撒上芝士粉的意粉， 永远和面本身不融合在一起， 芝士是芝士， 粉是粉， 但有种烹调法， 是把像厨师砧板那么大的一块芝士， 挖深了， 成为一个鼎， 把面渌熟后放进去捞拌， 才是最好吃的意大利面。

到了前南斯拉夫， 找不到面食。 后来住久了， 才知道有种鸡丝面， 和牙签般细， 也像牙签那么长， 很容易煮熟。 滚了汤， 撒一把放进去， 即成。 因为没有云吞面吃， 就当它是了， 汤很少， 面多， 慰藉乡愁。 去了印度， 找小时爱吃的印度炒面， 它下很多西红柿酱和酱油去炒， 配料只有些椰菜、 煮熟了的番薯块、 豆卜和一丁点的羊肉， 炒得面条完全断掉， 是我喜欢的。 但没有找到， 原来我吃的那种印度炒面， 是移民到南洋的印度人发明的。

在台湾生活的那几年， 面吃得最多， 当年还有福建遗风， 炒的福建面很地道， 用的当然是黄色的油面， 下很多料， 计有猪肉片、鱿鱼、 生蚝和鸡蛋。 炒得半熟， 下一大碗汤下去， 上盖， 炆熟为止， 实在美味， 吃得不亦乐乎。

本土人做的叫切仔面， 所谓切， 是渌的意思。 切， 也可以真切， 把猪肺、 猪肝、 烟熏黑鱼等切片， 乱切一通， 也叫"黑白切"， 撒上姜丝， 淋着浓稠的酱油膏当料， 非常丰富， 是我百吃不厌的。

他们做得最好的当然是"度小月" 一派的担仔面， 把面渌熟，再一小茶匙一小茶匙地把肉末酱浇上去， 至今还保留这个传统， 面担一定摆着一缸肉酱， 吃时来一粒贡丸或半个卤鸡蛋， 面上也加了些芽菜和韭菜， 最重要的是酥炸的红葱头， 香港人叫干葱的， 有此物，才香。

回到香港定居， 也吃上海人做的面， 不下鸡蛋， 也没有碱水，不香， 不弹牙。 此种面我认为没味道， 只是代替米饭来填肚而已，但上海友人绝不赞同， 骂我不懂得欣赏， 我当然不在乎。

上海面最好吃的是粗炒， 浓油赤酱地炒将起来， 下了大量的椰菜， 肉很少， 但我很喜欢吃， 至于他们的煨面， 煮得软绵绵， 我没什么兴趣。 浇头， 等于一小碟菜。 来一大碗什么味道都没有的汤面， 上面淋上菜肴， 即成。 我也不觉得有什么特别之处。 最爱的是葱油拌面， 把京葱切段， 用油爆焦， 就此拌面， 什么料都不加，非常好吃。 可惜当今到沪菜馆， 一叫这种面， 问说是不是下猪油，对方都摇头。 葱油拌面， 不用猪油， 不如吃发泡胶。 也有变通办法， 那就是另叫一客红烧蹄膀， 捞起猪油， 用来拌面。

中国香港什么面都有， 但泰国的干捞面叫 Ba-Mi Hang， 就少见了， 我再三提倡这种街边小吃， 当今在九龙城也有几家人肯做， 用猪油， 灼好猪肉碎、 猪肝和猪肉丸， 撒炸干葱和大蒜茸， 下大量猪油渣， 其他还有数不清的配料， 面条反而是一小撮而已， 也是我的至爱。

想吃面想得发疯时， 可以自己做， 每天早餐都吃不同的面， 家务助理被我训练得可以回老家开面店。 星期一做云吞面， 星期二做客家人的茶油拌面， 星期三做牛肉面， 星期四炸酱面， 星期五做打卤面，星期六做南洋虾面，星期天做蔡家炒面。

蔡家炒面承受福建炒面的传统，用的是油面，先用猪油爆香大蒜，放面条进锅，乱炸一通，看到面太干，就下上汤煨之，再炒，看干了，打两三个鸡蛋，和面混在一块，这时下腊肠片、鱼饼和虾，再炒，等料熟，下浓稠的黑酱油及鱼露吊味，这时可放豆芽和韭菜，再乱炒，上锅盖，焖它一焖，熄火，即成。

做梦也在吃面。饱得再也撑不进肚，中国人说饱，拍拍肚子；日本人说饱，用手放在颈项；西班牙人吃饱，是双手指着耳朵示意已经饱得从双耳流出来。我做的梦，多数是流出面条来。

···

只有用这个方法，
才能做出心目中最完美的蛋

···||||||||||||||||||||||||||||||||||||||||··········

　　我这一生之中，最爱吃的，除了豆芽之外，就是蛋了。一直在追求一个完美的蛋。

　　但是，我却怕蛋黄。这有原因，小时生日，妈妈焓熟了一个鸡蛋，用红纸浸了水把外壳染红，是祝贺的传统。当年有一个蛋吃，已是最高享受。我吃了蛋白，刚要吃蛋黄时，警报响起，日本人来轰炸，双亲急着拉我去防空壕，我不舍得丢下那颗蛋黄，一手抓来吞进喉咙，噎住了，差点呛死，所以长大后看到蛋黄，怕怕。

　　只要不见原形便不要紧，打烂的蛋黄，我一点也不介意，照食之，像炒蛋。说到炒蛋，我们蔡家的做法如下：用一个大铁镬，下油，等到油热得生烟，就把发好的蛋倒进去。事前打蛋时已加了胡椒粉，在炒的时候已没有时间撒了。鸡蛋一下油镬，即搅之，滴几滴鱼露，就要把整个镬提高，离开火焰，不然即老。不必怕蛋还未炒熟，因为铁镬的余热会完成这件工作，这时炒熟的蛋，香味喷出，不必其他配料。

蔡家蛋粥也不赖，先滚了水，撒下一把洗净的虾米熬个汤底，然后将一碗冷饭放下去煮，这时加配料，如鱼片、培根片、猪肉片。猪颈肉丝代之亦可，或者冰箱里有什么是什么。将芥兰切丝，丢入粥中，最后加三个蛋，搅成糊状，即成。上桌前滴鱼露、撒胡椒、添天津冬菜，最后加炸香的干红葱片或干蒜茸。

有时煎一个简单的荷包蛋，也见功力。和成龙一块在西班牙拍戏时，他说他会煎蛋。下油之后，即刻放蛋，马上知道他做的一定不好吃。油未热就下蛋，蛋白一定又硬又老。

煎荷包蛋，功夫愈细愈好。泰国街边小贩用炭炉慢慢煎，煎得蛋白四周围发着带焦的小泡，最香了。生活节奏快的都市，都做不到。中国香港有家叫"三元楼"的，自己农场养鸡生蛋，专选双仁的大蛋来煎，也很没特别。成龙的父亲做的茶叶蛋是一流的，他一煮一大锅，至少有四五十粒，才够我们一群饿鬼吃。茶叶、香料都下得足，酒是用XO白兰地，以本伤人。我学了他那一套，到非洲拍饮食电视节目时，当场表演，用的是巨大的鸵鸟蛋，敲碎的蛋壳造成的花纹，像一个花瓶。

到外国旅行，酒店的早餐也少不了蛋，但是多数是无味的。饲养鸡，本来一天生一个蛋，但急功近利，把鸡也给骗了。开了灯当白天，关了当晚上，六小时各一次，一天当两天，让鸡生二次。你说怎会好吃？不管他们的炒蛋或者腌列，味道都淡出鸟来。解决办法，唯有自备一包小酱油，吃外卖寿司配上的那一种，滴上几滴，尚能入喉。更好的，是带一瓶小瓶的生抽，中国台湾制造的民生牌壶底油精为上选，它带甜味，任何劣等鸡蛋都能变成绝顶美食。

走地鸡的新鲜鸡蛋已罕见，小时听到鸡咯咯一叫，妈妈就把蛋拾起来送到我手中，摸起来还是温暖的，敲一个小洞吸食之。现在想起，那股味道有点恐怖，当年怎么吃得那么津津有味？因为穷吧。穷也有穷的乐趣。热腾腾的白饭，淋上猪油，打一个生鸡蛋，也是绝品。但当今生鸡蛋不知有没有细菌，看日本人早餐时还是用这种吃法，有点心寒。

鹌鹑蛋虽说胆固醇最高，也好吃，香港陆羽茶楼做的点心鹌鹑蛋烧卖，很美味。鸽子蛋煮熟之后蛋白呈半透明，味道也特别好。

由鸭蛋变化出来的咸蛋，要吃就吃蛋黄流出油的那种。我虽然不喜蛋黄，但咸蛋的能接受。放进月饼里，又甜又咸，很难顶，留给别人吃吧。至于皮蛋，则非溏心不可。香港铺记的皮蛋，个个溏心，配上甜酸姜片，一流也。

上海人吃熏蛋，蛋白硬，蛋黄还是流质。我不太爱吃，只取蛋白时，蛋黄黏住，感觉不好。台湾人的铁蛋，让年轻人去吃，我咬不动。不过他们做的卤蛋简直是绝了。吃卤肉饭、担仔面时没有那半边卤蛋，逊色得多。

鱼翅不稀奇，桂花翅倒是百食不厌，无他，有鸡蛋嘛。炒桂花翅却不如吃假翅的粉丝。 蔡家桂花翅的秘方是把豆芽浸在盐水里， 要浸个半小时以上。 下猪油， 炒豆芽， 兜两下， 只有五成熟就要离镬。 这时把拆好的螃蟹肉、 发过的江珧柱和粉丝炒一炒， 打鸡蛋进去， 蘸酒、 鱼露， 再倒入芽菜， 即上桌， 又是一道好菜， 但并非完美。

去南部里昂， 找到法国当代最著名的厨师保罗·鲍古斯， 要他表演烧菜拍电视。 他已七老八十， 久未下厨， 向我说："看老友份上，今天破例。 好吧， 你要我煮什么？""替我弄一个完美的蛋。" 我说。 保罗抓抓头皮："从来没有人这么要求过我。"

说完， 他在架子上拿了一个平底的瓷碟， 不大， 放咖啡杯的那种。 滴上几滴橄榄油， 用一支铁夹子挟着碟， 放在火炉上烤， 等油热了才下蛋， 这一点中西一样。 打开蛋壳， 分蛋黄和蛋白， 蛋黄先下入碟中， 略熟， 再下蛋白。 撒点盐， 撒点西洋芫荽碎， 把碟子从火炉中拿开， 即成。

保罗解释："蛋黄难熟， 蛋白易熟， 看熟到什么程度， 就可以离火了。 鸡蛋生熟的喜好， 世界上每一个人都不同， 只有用这个方法， 才能弄出你心目中最完美的蛋。"

热爱生活的人，一定要吃顿丰富的早餐

热爱生命的人，一定早起，像小鸟一样，他们得到的报酬，是一顿又好吃又丰富的早餐。

什么叫作好？ 很主观化。 你小时候吃过什么，什么就是最好。豆浆油条非我所好，只能偶尔食之。 因为我是南方人，粥也不是我爱吃的。 我的奶妈从小告诉我："要吃，就吃饭，粥是吃不饱的。"奶妈在农村长大，当年很少吃过一顿饱。 从此，我对早餐的印象，一定要有个饱字。

后来，干电影工作，和大队一起出外景，如果早餐吃不饱，到了十一点钟整个人已饿晕，更养成习惯，早餐是我生命中最重要的一项食物。 进食时， 很多人不喜欢和我搭台坐， 我叫的食物太多， 引起他们侧目之故， 一个我心目中的早餐包括八种点心： 虾饺、 烧卖、 鸡杂、 萝卜糕、 肠粉、 鲮鱼球、 粉粿、 叉烧包和一盅排骨饭， 一个人吃个精光。 偶尔来四两开蒸， 时常连灌两壶浓普洱。

在香港， 从前早餐的选择极多， 人生改善后， 大家迟起身， 可去的地方愈来愈少。 代表性的有中环的"陆羽茶室" 饮茶， 永远有那么高的水平， 一直是那么贵； 上环的"生记" 吃粥， 材料的搭配变化无穷， 不像吃粥， 像一顿大菜， 价钱很合理。

九龙城街市的三楼， 可从每个摊子各叫一些， 再从其他地方斩些刚烤好的烧肉和刚煮好的盅饭。 友人吃过， 都说不是早餐， 是食物的饮宴。 把香港当中心点， 画个圆圈， 距离两小时的有广州，"白天鹅酒店" 的饮茶一流， 做的烧卖可以看到一粒粒的肉， 不是机器磨出来的。 台北的， 则是街道的切仔面。

远一点距离四小时的， 在新加坡可以吃到马来人做的椰浆饭(Nasilemak)， 非常可口。 吉隆坡附近巴里小镇的肉骨茶， 吃了一次， 从此上瘾。

日本人典型的早餐也吃白饭， 一片烧鲑鱼， 一碗味噌汤， 并不丰富。 宁愿跑去二十四小时营业的"吉野家" 吃一大碗牛肉丼。 在东京的筑地鱼市场可吃到"井上" 的拉面和"大寿" 的鱼生。 小店里老人家在喝酒， 一看表， 大清晨五点多， 我问道："喂， 老头， 你一大早就喝酒？" 他瞄了我一眼："喂， 年轻的， 你要到晚上才喝酒？" 生活时段不同， 习惯各异。 我的早餐， 是他的晚饭。

爱喝酒的人， 在韩国吃早餐最幸福， 他们有一种叫"解肠汁"

的， 把猪内脏熬足七八小时， 加进白饭拌着吃， 宿醉即刻被它医好。 还有一种奶白色的叫"雪浓汤"， 天冷时特别暖胃。

再把圆圈画大， 在欧洲最乏味的莫过于酒店供应的"内地早餐"了， 一个面包、 茶或咖啡， 就此而已， 冲出去吧! 到了菜市场， 一定找到异国情怀。

问酒店的服务部拿了当地菜市场的地址， 跳上的士， 目的地到达。 在布达佩斯的菜市场里， 可买到一条巨大的香肠， 小贩摊子上单单芥末就有十多种选择， 用报纸包起， 一面散步一面吃， 还可以买一个又大又甜的灯笼椒当水果， 加起来才一美金。

纽约的"富尔顿" 菜市场中卖着刚炸好的鲜虾， 绝对不逊日本人的天妇罗， 比吃什么"美国早餐" 好得多。 和"内地早餐" 的不同， 只是加了一个炒蛋， 最无吃头。 当然， 纽约像欧洲， 不是美国， 所以才有此种享受。 卖的地方只有炒蛋和面包， 宁愿躲在酒店房吃一碗方便面。

回到家里， 因为我是个面痴， 如果一星期不出门， 可做七种面食当早餐。 星期一， 最普通的云吞面， 前一天买了几团银丝蛋面再来几张云吞皮， 自己选料包好云吞， 渌面吃， 再用菜芯灼一碟蚝油菜薹。

星期二， 福建炒面， 用粗黄的油面来炒， 加大量上汤煨， 一面炒一面撒大地鱼粉末， 添黑色酱油。

星期三， 干烧伊面， 伊面先出水， 备用， 炒个你自己喜欢吃的小菜， 但要留下很多菜汁， 让伊面吸取。

星期四， 猪手捞面， 前一个晚上红烧了一锅猪手， 最好熬至皮和肉差那么一点点就要脱骨的程度，再用大量浓汁来捞面条。

星期五，泰式街边"玛面"，买泰国细面条渌好，加各种配料，鱼饼片、鱼蛋、叉烧、炸云吞、肉碎，淋上大量的鱼露和指天椒碎食之。

星期六，简单一点来个虾酱面，用黑面酱爆香肉碎，黄瓜切条拌之，一面吃面一面咬大葱。

礼拜天，把冰箱中吃剩的原料，统统像吃火锅一样放进锅中灼熟，加入面条。

印象最深的早餐之一，是汕头"金海湾酒店"为我安排的，到菜市场买潮州人送粥的小点咸酸甜，一共一百种，放满整张桌子，看到时已哇哇大叫。

之二，在云南昆明的酒店里，摆一长桌，上面都是菜市场买到当天早上刚刚采下的各种野菇，用山瑞熬成汤底，菇类即灼即食，最后那碗汤香甜到极点。

"
- -

茶在心间，才是人间清欢。

"---------------------------------

喝酒，也是人生乐事。真正的酒徒，
容许一生放纵几次。

一旦让想象力奔放，又会是另一个味觉世界。

吃斋应该有吃斋的意境，愈简单愈好，
像丰子恺先生所说，修的是一颗心。

"

喜欢吃东西的人，基本上都有一种好奇心。什么都想试试看，
慢慢地就变成一个懂得欣赏食物的人。

"
"一年三百六十五日，天天给你吃面好
不好？"妈妈笑着问。我很严肃地大力
点头。

"

一种米，养百种人，这句话说得一点也没错，
况且世上的米，不下百种。

" -

中国文字由这些古物保留下来，都
还是活生生的，令我们感叹数千年
前，中国人已有那么高深的智慧。

羊肉膻味十足，那才是天下美味

膻，读作"善"，看字形和发音，都好像有一股强烈的羊味，而这股味道，是令人爱上羊肉的主要原因。成为一个老饕，一定要什么东西都吃。怕羊的人，做不了一个美食家，也失去味觉中最重要的一环。

凡是懂得吃的人，吃到最后，都知道所有肉类之中，鸡肉最无味、猪最香、牛好吃，而最完美的，就是羊肉了。北方人吃惯羊，南方人较不能接受，只尝无甚膻味的瘦小山羊。对游牧民族来说，羊是不可缺少的食物，煮法千变万化。羊吃多了，身上也发出羊膻来，不可避免。

有次和一群中国香港的友人游土耳其，走进蓝庙之中，那股羊味攻鼻，我自得其乐，其他人差点晕倒。这就是羊了，个性最强，爱恶分明，没有中间路线可走。

许多南方人第一次接触到羊，是吃北京的涮羊肉。"涮"字读成"算"，他们不懂，一味叫"擦"，有边读边，但连"刷子"的"刷"，也念成"擦"了。

南方人吃火锅，以牛和猪为主，喜欢带点肥的，一遇到涮羊肉，就向侍者说道："给我一碟半肥瘦。"哪有半肥瘦的？把冷冻的羊肉用机器切片，片出来后搓成卷卷，都只有瘦肉，一点也不带肥。要吃肥，叫"圈子"好了，那是一卷卷白色的东西，全是肥膏，香港人看了皱眉头。入乡随俗，人家的涮羊肉怎么吃，你我依照他们的方法吃好了，啰唆些什么呢？要半肥瘦？易办！只要夹一卷瘦的，另夹一卷圈子，不就行吗？

老实说，我对北京的涮羊肉也有意见，认为肉片得太薄，灼熟后放在嘴里，口感不够。而且冰冻过，大失原味，有次去北京，一家小店卖刚剁完的羊腿，用人工切得很厚，膻味也足，吃起来才过瘾。

吃涮羊肉的过程中，最好玩的是自己混酱。一大堆的酱料，摆的一桌面，计有麻油、酱油、芫荽、韭菜茸、芝麻酱、豆腐乳酱、甜面酱和花雕酒，等等。很奇怪地，中间还有一碗虾油，就是南方人爱点的鱼露了，这种鱼腥味那么重的调味品，北方人也接受，一再证明，羊和鱼，得一个鲜字，配合得最佳。

我受到的羊肉教育，也是从涮羊肉开始，愈吃愈想吃更膻的，有什么好过内蒙古的烤全羊？ 整只羊烤熟后， 有些人切羊身上的肉来吃， 我一点儿也不客气， 伸手进去， 在羊腰附近掏出一团肥膏来， 是吃羊的最高境界， 天下最美味的东西。 古时候做官的， 也知道这肥膏， 就是民脂民膏了。

吃完肥膏， 就可以吃羊腰了， 腰中的尿腺当然没有除去， 但由高手烤出来的， 一点儿异味也没有， 只剩下一股香气， 又毫无礼貌地把那两颗羊腰吃得一干二净。 其他部分相当硬， 我只爱肋骨旁的肉， 柔软无比， 吃完已大饱， 不再动手。

记得去前南斯拉夫吃的烤全羊， 只搭了一个架子， 把羊穿上， 铁枝的两头各为一个螺旋翼， 像小型的荷兰风车， 下面放着燃烧的稻草， 就那么烤起来。 风一吹， 羊转身， 数小时后大功告成。

拿进厨房， 只听到砰砰砰几声巨响， 不到三分钟， 羊斩成大块上桌。 桌面上摆着一大碗盐， 和数十个剥了皮的洋葱。 一手抓羊块， 一手抓洋葱， 像苹果般咬， 点一点盐， 就那么吃， 最原始， 也最美味。

挂羊头， 卖狗肉这句话， 也证明大家说最香的狗肉， 也没羊那么好吃。 我在中东国家旅行， 最爱吃的就是羊头了。 柚子般大的羊头， 用猛火蒸得柔软， 一个个堆积如山， 放在脚踏车后座， 小贩通街叫卖。

要了一个， 十块钱港币左右， 小贩用报纸包起， 另给你一点盐和胡椒， 拿到酒店慢慢撕， 最好吃的是面颊那个部分， 再拆下羊眼， 角膜像荔枝那么爽脆。 抓住骨头， 就那么把羊脑吸了出来， 吃得满脸是油， 大呼"朕， 满足也"。

到了南洋，印度人卖的炒面，中间有一小小片羊肉，才那么一点点，吃起来特别珍贵，觉得味道更好。他们用羊块和香草熬成的羊肉浓汤，也美味。一条条的羊腿骨，以红咖喱炒之，叫为"笃笃"。吃时吸羊骨髓，要是吸不出，就把骨头打直了向桌子敲去，发出笃笃的声音，骨髓流出再吸，再笃，再吸，吃得脸上沾满红酱。曾和金庸先生夫妇一块尝此道菜，吓得查太太脸青，大骂我是个野人。

羊肉也可以当刺身来吃，中东人用最新鲜的部分切片，淋上油，像意大利人的生肉头盘。西餐中也有羊肉鞑靼的吃法，要高手才调得好味。洋人最普通的做法是烤羊架，排骨连着一块肉的那种，人人会做，中厨一学西餐，就是这一道菜，已经看腻和吃腻了，尽可能不去点它。

在澳大利亚和新西兰，羊比人还要多，三四十块港币就可以买一条大羊腿，回来洗净，腌生抽和大量黑胡椒，再用一把刀子，当羊腿是敌人，插它几十个窟窿，塞入大蒜瓣，放进焗炉。加几个洋葱和大量蘑菇，烤至叉子可刺入为止，香喷喷的羊腿大餐，即成。

至今念念不忘的是中国台湾的炒羊肉，台湾人可以吃羊肉当早餐，羊痴一听到大喊发达，他们的羊肉片，是用大量的金不换叶和大蒜去炒的，有机会我也可以表演一下。

听到一个所谓的食家说："我吃过天下最美味的羊肉，一点儿也不膻。"心中暗笑。广东人也说过：羊肉不膻，女人不骚，天下最美味呀。吃不膻的羊肉，不如去嚼发泡胶。

朴实与奢华的美食清单

电视上的饮食节目，都是一辑辑拍的。一辑有十三集，分十三个星期播，前后三个月，又称一季。这次我做的那个已多出两集，共十五集。拍摄完毕，本来以为可以休息一阵子，但接电视台来电，称收视高，要添食，多来五集。临时的增加，令我乱了阵脚。

要再拍些什么呢？本来可以把《随园食单》或者《金瓶梅》菜谱再现的，友人又建议来《红楼梦》宴，但我觉得前二者是广东人说的外江佬菜，在香港未必做得好；《红楼梦》宴又给做得太滥了，不值得再去花工夫。

想了又想，最后决定其中一集，重现陈梦因先生的《食经》中的一些小菜。和"镛记"的老板甘健成兄商量，他也认为大家做的都是粤菜，比较有把握。

回家后把《食经》重翻一遍，选出几道，虽然不是山珍海味，全是普通食材，做法有些也简单，只是教了我们窍门，趁"镛记"的师傅肯做，留记录给后辈的有心人。

一、干焙大豆芽。将大豆芽截尾，在镬内焙至极干，切生姜、葱白和面豉在油镬爆过，下大豆芽同炒即成，虽是廉宜的菜，吃来甘香可口。

二、肉心蛋。蛋尖扎小孔，取出蛋白。用筷子伸入蛋，搅烂蛋黄，亦取出。瘦肉三分二，剁成糜；肥肉三分一，切为小粒。加姜汁、盐、酒拌匀，缓缓倒进蛋壳中，至半，再倒蛋白，才用白纸将孔封固，蒸至熟。吃时开壳，点麻油、生抽。

三、酿虾蛋。鸡蛋煲熟，破之为二，取出蛋黄，加鲩鱼、鲜虾、冬菇、葱白剁成茸，搅之至够匀，酿进蛋黄空位，炸至金黄。

四、蒸猪肝。用姜汁、生油、生抽、酒将猪肝腌过，加金针菜和云耳蒸熟即成，但猪肝不经腌制的话，则不滑。

五、镬底烧肉。有皮猪腩肉一斤切成方形，抹以酱油和蜜糖备用。铁镬中盛白米二斤，猛火煮沸。用镬铲将饭拨开，放入腩肉，皮向下，以汤碗封住，再把白米铺上，随即上镬盖。慢火焗至白饭熟透，而猪肉同时烧熟。味甘香鲜美，一如烧肉。

六、酿荷兰豆。把鲜虾、半肥瘦猪肉、冬菇和虾米剁碎，打至胶状，酿入荷兰豆荚，煎熟即成。

七、猪杂烩海参。海参浸透备用。猪粉肠、猪心等切件先烩，海参后下。上碟前，用幼竹串好切成薄片的猪肝，油泡仅熟，再与其他配料同炒，即成。要是猪肝不另外处理，则会太硬。

八、煮虾脑。说是虾脑，不过是虾汁。剪下虾头，用刀背拍至扁碎，以布包之。用力将虾汁绞出，加冬笋和火腿片生炒。盐、酒、胡椒少许，煮滚即成，吃时虽不见虾脑，却有鲜浓的虾味。

九、合浦还珠。活虾去壳，刀开薄片，包核桃仁一粒、肥猪肉一粒，卷成珠状，蘸蛋白和生粉，炸至金黄。

十、蟹肉焗金瓜。蒸熟肉蟹去壳取肉。金瓜去皮，切成方块。加鸡蛋和调味，放入焗炉里焗熟即成。

十一、番薯扣大鳝。番薯去皮切成骨牌形，蘸上炸浆，炸透备用。鳝肉用网油包住，另把大量的蒜头炸香。起红镬，稍爆豆豉，然后放入鳝肉，加水扣之。上碟时先以番薯垫底，吃鳝后，再吃吸收了鳝汁的番薯。

十二、酥鲫鱼。这道菜主要是教人怎么"酥"。先用橄榄多枚，去核舂烂，用橄榄的渣滓同汁把鲫鱼腌过。然后将已滚的油镬移离灶口，放鲫鱼进去，等滚油把鱼泡熟，以碟盛之。待鲫鱼完全没有热气后，又用油镬慢火将鲫鱼炸透，它的硬骨就会变酥。酥的秘密在用榄汁腌过，炸两次的作用是避免将鱼炸至焦黑。

十三、黄酒鲤鱼炖糯米饭。用一斤重的公鲤、糯米一斤、黄酒一斤。鲤鱼剖净，不去鳞。洗糯米，以炖器盛之，加入鲤鱼和黄酒，隔水炖至饭熟即成，吃时淋上酱油和猪油。

十四、梅菜酿鲤鱼。鲤鱼剖净，辣椒切丝，梅菜芯切粒，用油镬炒过，加少许糖和盐，然后将梅菜酿入鱼肚里。起红镬，爆椒丝，再下豆瓣酱，稍兜过，加水烧至滚，最后放入已酿好梅菜的鲤鱼，红火炆两小时。

十五、什锦酿蛋黄。蛋一定要用鸭蛋，鸭蛋蛋黄的皮厚，可酿；鸡蛋蛋黄皮薄，不能用。用尖器在鸭蛋黄上开一个胡椒粒般大的小孔，将剁碎的半肥瘦猪肉、马蹄、虾仁、香芹和冬笋炒熟后酿入。鸭蛋黄皮有伸缩性，可酿到苹果一样大，这时再放蛋白，煎至熟为止。

十六、通心丸。一颗肉丸子，里面是空的，以为一定很难做，讲破了就没什么。原来是把猪油放入冰箱冻硬，包以猪梅肉、虾米、葱白剁成的肉糜。放进汤中煮熟，猪油溶在丸中，就是通心丸了。

十七、姜花肉丸汤。上面那道通心丸子，滚了汤，加入姜花，即成。很多人不知道姜花煮起来又香又好吃的。

十八、炒直虾仁、弯豆角。虾仁炒起来是弯的，豆角是直的，怎么相反？原来是把那条豆角无筋的那一边，用薄刀每隔一分割上一刀。每一条割七八十刀，炒起来就曲了。虾仁用牙签串起来，炒后还是直的，再把牙签拔掉就是，这道菜好玩多过好吃。

早一辈师傅留下的食谱，千变万化，是一个宝藏，有待我们去发掘，老的菜还没有学会，搞什么新派菜呢？

百种人，百样米

在法国南部旅行，每一顿都是佳肴，但吃了三天，就想念中国菜，其实也不一定是咕噜肉或鱼虾蟹，主要的还是要吃白饭。

意大利好友来港，我带他到最好的食肆，尝遍广东、潮州、上海菜，几餐下来，他问："有没有面包？""中餐厅哪来的面包？"我大骂。他委屈地："其实有牛油也行。"

刚好是家新加坡餐厅，有牛油炒蟹，就从厨房拿了一些，此君把牛油放在白饭上，来杯很烫的滚水冲下去，待牛油溶了，捞着来吃，这是意大利人做饭的方法，也只有让他胡来了！

一种米，养百种人，这句话说得一点也没错，况且世上的米，不下百种。我们最常吃的是丝苗，来自泰国或澳洲，看样子，瘦瘦长长，的确有吃了不长肉的感觉，怕肥的人最放心。日本米不同，它肥肥胖胖，黏性又重，所以日本人吃饭不是从碗中扒，而是用筷子夹进口，女性又爱又恨，爱的是它很香很好吃，恨的是吃肥人。

中国香港的饮食，受日本料理的影响已是极深，就连米，也要吃日本的，我们的旅行团一到日本乡下的超级市场，首先冲到卖米的部门，回头问我："那么多种，哪一样最好？"价钱不在他们的考虑之中，反正会比在铜锣湾崇光百货买便宜，我总是回答："新潟县的越光，而且要鱼沼地区生产的，有信用。"

但是鱼沼米还不是最好，最好的买不到，那是在神户吃三田牛时，友人蕨野自己种的米。他很懂得浪费，把稻种得很疏，风一吹，蛀米虫就飘落入水田中，如果贪心，种得很密的话，那么蛀虫会一棵传一棵。种出的米，表面要磨得深，才会好看。这一来，米就不香了，他的米只要略磨，所以特别好吃。向他要了一点，带回家，怎么炊都炊不香，后来才发现家政助理新买了一个电饭煲，炊不好日本米。

不过这一切都是太过奢侈。从前在日本过着苦行僧式的生活时，连日本米也不舍得吃，一群穷学生买的是所谓的"Gaimai"（外米），那是由缅甸输入的米，有些断掉了只剩半粒。那么粗糙的米，日本人只用来当成饲料，我们都成为"畜生"，但当年是半工读的，也没什么好抱怨。念完书后到中国台湾工作，吃的也是这种粗糙的米，他们叫为"蓬莱米"，不知出自何典。哪有什么蓬莱米可吃？

蓬菜米是日据时代改良的品种，在中国台湾经济起飞，成为"四小龙"时，才流行起来。口感像日本米，如果你是中国台湾人当然觉得比日本米好吃。我试过的蓬菜米之中，最好吃的是来自一个叫雾社的地区，那里的松林部落土著种的米，真是极品，但怎么和日本米比较呢？可以说是不同，各有各的好吃。

始终，我对泰国香米情有独钟，爱的是那种幽幽的兰花香气，这是别的米所没有的。这种米在越南也可以找到，一般米一年只有一次收成，越南种的有四次之多，但一经战乱，反过来要从泰国输入，人间悲剧也。

欧洲国家之中，英国人不懂得欣赏米饭，只加了牛奶和糖当甜品，法国人也只当配菜，吃得最多的是西班牙和意大利人，前者的大锅海鲜饭 Paella 闻名于世；后者的 Risotto（调味饭）混了大量的芝士，由生米煮熟，但也只是半生，说这才有口感。Al Dente（硬一点），其中加了野菌的最好吃。

意大利人也吃米，是从《粒粒皆辛苦（Bitter Rice）》一片中得知，但那时候的观众，只对女主角施维娜·玛嘉奴（Silvana Mangano）的大胸部感兴趣，我曾前住该产米区玩过，发现当地人有种饭，是把米塞进鲤鱼肚子里做出来，和顺德人的鲤鱼蒸饭异曲同工，非常美味。意大利人还有一道鲜为人知的蜜瓜米饭，也很特别。

亚洲人都吃米，印度人吃得最多，他们的羊肉焗饭做得最好，用的是野米，非常长，有丝苗的两倍，炒得半生熟，混入香料泡过的羊肉块，放进一个银盅，上面铺面皮放进烤炉焗，香味才不会散。 到正宗的印度餐厅， 非试这道菜不可， 若嫌羊膻， 也有鸡的，但已没那么好吃了。

马来人的椰浆饭也很独特， 是第一流的早餐。 另有一种把饭包扎在椰叶中， 压缩出来的饭， 吃沙律的时候会同时上桌， 也是传统的饮食文化。 新加坡人的海南鸡饭， 用鸡油炊熟， 虽香， 但也得靠又稠又浓的海南酱油才行。

至于中国， 简单的一碗鸡蛋炒饭， 又是天下美味。 不过吃饭，总得花时间去炊， 不如用面粉团贴上烤炉壁即刻能做出饼来方便。

但大家是否发现， 人一吃饭， 就变得矮小呢? 中国人的子女一去到国外， 喝牛奶吃面包， 人就高大起来。 日本人从前也矮小， 改成吃面包习惯后才长高。 印度尼西亚女佣都很矮小， 如果她们吃面包， 一定会长高得多。

吃饭的人， 应该是有闲阶级的人， 比西方人来得优雅。 高与矮， 已不是重要的了。

人生
贵适意

一

有趣的灵魂万里挑一

生

蔡澜
旅行食记

会玩时间的人，能享受非一般的乐趣

好玩的事物太多了。

抽象的东西也好玩，那就是玩时间。

时间只是人类的一个观念，虽然定为一天 24 个小时，但像爱因斯坦所说，上课以及和女朋友谈天，长短不同。

玩时间玩得最好的是中国香港人。

中国香港人每一个都忙，但是，要抽时间的话，中国香港人最拿手，不管多忙，总会挤点出来做自己要做的事。中国香港人决定自己不忙，就不忙了。

尤其有"97"这个大前提，香港人的步伐已经是世界第一，从前在东京，觉得日本人走路快，后来去了纽约，发现他们更快。

但在日本经济已发展到停顿的地步，一富有便懒了起来，东京人走路慢过中国香港，纽约更别说，早在70年代，经济衰退，步伐已经蹒跚。

中国香港人有两个以上的工作的不少，外国游客跳上车，听到司机说早上做警察，晚间当的士司机，吓了一跳，几乎不相信自己的耳朵，但事实如此。

外国人不明白的是我们大多数没有社会保险、医疗费以及退休金的制度，我们的税收虽然低，但一遇到任何事，都自行自决，谁都不会来帮助你。

所以中国香港人要争取时间，多做点事，多存些储蓄，以防万一。我们自己买自己的保险，自顾安危，包括赚了钱移民，先拿到张居留权再回来做事，也是一种保险。

中国香港的失业率是一两个百分点，那一两个百分点，不是没事做，而是不想做罢了，这种社会现象我们不当它一回事，但是如果你讲给外边朋友听，他们一定惊讶。

就算不是争取时间来做第二份工作，也要争取时间来休息，来玩，来享受。

实际上如何玩时间呢?

很简单，睡得少一点就是。

大家都说我们需要8个小时的睡眠。放屁! 这都是医学界的理论而已，我本人长年来每天最多睡6个钟头，也不见得长得像个痨病鬼。

每天赚两个小时，一个月就是 60 个钟头，等于多活两天半，每年多人家 30 天，多好!

除此之外，一个星期熬一两个通宵，也不应该有什么问题。当然熬通宵也有学问，6 点放工，7 点吃完饭，先睡到半夜 12 点，也有足够的 5 小时，由 12 点做自己喜欢的事，做到天亮，多 6 个钟头。

这时候，看着窗外天色的变化，先是有点红色，红中带灰，又转为白。远山是紫颜色的，啊! 为什么从前没有注意过有紫色的山?

清晨的空气是寒冷的，但是舒服到极点，意想不到的清新，呼唤着你出门。

穿上衣服去散步，到公园去练太极剑，或者，就那么拿一本书坐在树下看，都是乐趣。

话说回来，这种乐趣需要出来做事后才懂得享受，当学生时被迫一早起身上课，一点也不好玩。

到街市去买菜，走金鱼街看打架鱼，雀仔街买鸟，买活蟋蟀给鸟吃。太残忍了，买花去吧。

早晨的世界，是另外一个世界。

由寂静中听到车辆行动的声音，偶尔来些鸟啼，有时还听到公鸡在叫哩。

生活在早晨的世界的又是另一种人类，他们面孔安详，余裕令他们的表情无忧无虑，他们是健康的、活泼的。

相反地，深夜的世界又是另一个世界。大家是那么的颓废、萎靡，但又能看出享受的满足感。

这两种人，都是过着单调、刻板、所谓"正常"生活的人感到陌生的。

早起、迟睡、赶通宵一多了，人就容易疲倦，这也是必然的，克服的办法是英文中的"猫睡"，像猫一样随时随地打瞌睡。

只要你睡眠不足，便会锻炼出这种身体功能。尽管利用时间睡觉，一上车就闭上眼睛，像把插头由电源里拔掉，昏昏大睡，目的地到达，即刻会自动地醒来，又像是把插头插回去，活生生的，眼也不肿。

中年吃完饭，也能坐在椅子上入睡，算好开工时间，有半小时就半小时，5分钟也不拘。

会玩时间的人不懂得同情失眠的！失眠就失眠，不能睡就让他不睡。看你不睡个三四天，自然闭上眼睛。长期下来，学会猫睡也说不定。

不花时间在睡觉上的人多数是健康的，他们已经把睡眠当成一种福分，一种享受，哪里还有精神去做噩梦？镇静剂、安眠药、大麻、酒精，等等，一点用处也没有。

消夜是最大的敌人，尽量避免，否则多想熬夜也熬不住。一定要吃，就喝点汤吧。随时把汤料扔进一个慢热煲，准备一碗广东汤，享之不尽。

咖啡可免则免，咖啡只能产生胃酸，说到提神，茶最好，中茶洋茶，香片、龙井，什么茶都不要紧，但上选还是普洱，再多也不伤胃。

早餐倒是重要的，懂得玩时间的人总能抽空为自己准备一顿丰盛的早餐，再不然，找不同东西吃也是乐趣。今天吃粥，明朝吃面、吃点心、吃街边的店铺的猪肠粉、豆浆油条，用心找一定找得到，再来一屉小笼包，或再来碗油豆腐粉丝，总之要吃得饱，吃得饱才有体力支持，早晨吃饱和消夜相反，只会精神不会打瞌睡。玩时间玩成专家，可以做的事太多了，说不定其中有几样是生财之道。

潘家园旧货市场

上一次去北京，到了中国最大的古玩中心。有数层楼，几百家商店。载我去的司机说："如果这里没有你喜欢的，可以到附近的潘家园去，那里有个体户出来摆摊子，也许能够找到一点好东西，不过要星期六或者星期天才开的，今天去不了了。"

这一回归途乘的是下午的飞机，刚好碰上星期六，就请司机带我去逛逛。好大的一个地方，像座公园，门口写着"北京潘家园旧货市场"几个大字。

走进去，看见分两个部分，三分之一的地方叫古玩所，是半永久性的建筑，一排排店铺足有七八排左右，百家之多。

至于周六日才有的摊位占全面积三分之二，另有一处专卖古书。

洋人游客也闻声而至，穿插在人群之中。我先到古籍摊子，看到卖的都是一些可以扔完再扔的书，但是公仔书部分就很有趣，找到小时候看的连环书，当中也有刘旦宝和范曾的作品，后者已经成为大师级人物，但照我看来，当年的连环图精彩过当今的所谓名画。

古玩所中卖的东西大同小异，看得头晕眼花。中间有家专卖葫芦的，店名叫"葫芦徐"，用广东话发音，意思是有一股葫芦味道。

临时摊比较多花样：西藏来的法器、新疆的弓箭和马鞍、云南的银器和刺绣，等等。也有瓷器、石头和家具市场。

"都是假的。"司机批评。

"当然啦，真的古董也不许出口呀！"我说，"假如好的话，没有关系，真古董只放在博物院隔着玻璃看。假的还可以拿来摸摸。"

好茶好酒，应配好诗好词

好酒之人当然喜爱喝酒之诗词，但也要不太难懂为上选。

白居易诗："当歌聊自放，对酒交相劝，为我尽一杯，与君发三愿：一愿世清平，二愿身强健，三愿临老头，数与君相见。"

稼轩词："一醉何妨玉壶倒，从今康健，不用灵丹仙草，更看一百岁，人难老。"

李东阳诗较涩："梦断高阳旧酒徒，坐惊神语落虚无。若教对饮应差胜，纵使微醺不用扶。往事分明成一笑，远情珍重得双壶。次公亦是醒狂客，幸未粗豪比灌夫。"

陆龟蒙的香艳："几年无事傍江湖，醉倒黄公旧酒炉。觉后不知明月上， 满身花影倩人扶。"

陈继儒写景："群峰盘尽吐平沙， 修竹桥边见酒家。 醉后日斜扶上马， 丹枫一路似桃花。"

李白最浅白："两人对酌山花开， 一杯一杯复一杯。 我醉欲眠卿且去， 明朝有意抱琴来。"

最壮烈的酒对子是洪深作的："大胆文章拼命酒， 坎坷生涯断肠诗。" 好酒诗词， 必配上好茶诗词， 才完美。

白居易有："坐酌泠泠水， 看蒸瑟瑟尘。 无由持一碗， 寄与爱茶人。" 杜甫的有："寒夜客来茶当酒， 黄泥小炉火初红。 从前一样窗前月， 才有梅花便不同。"

苏轼的《望江南》："休对故人思故国， 且将新火试新茶， 诗酒趁年华。"

茶的好对联有："青山个个伸头看， 看我尘中吃苦茶。"

将酒和茶糅和得最好的是苏东坡的："宛如银河下九天， 钢斧劈开山骨髓， 轻钩钓出老龙涎， 烹茶可供西天佛， 把酒能邀北海仙。"

还有长联曰："为名忙为利忙忙里偷闲喝杯茶去， 劳心苦劳力苦苦中作乐拿壶酒来。"

...

以猫为主人，猫才可爱

弟弟家里三十多只猫， 每一只都能叫出名字来， 这不奇怪， 天天看嘛。 我家没养猫， 但也能看猫相， 盖一生人皆爱观察猫也。

猫的可爱与否， 皆看其头， 头大者， 必让人喜欢； 头小者， 多讨人厌。

又， 猫晚上比白天好看， 因其瞳孔放大， 白昼则成尖， 有如怪眼， 令人生畏。

眼睛为灵魂之窗， 与人相同。 猫瞪大了眼看你， 好像知道你在想些什么， 但我们绝对不知猫在想些什么， 这也是可爱相。

胖猫又比瘦猫好看。 前者贪吃， 致发胖； 后者多劳碌命， 多吃不饱，或患厌食症。猫肥了因懒惰，懒洋洋的猫，虽迟钝，但也有福相；瘦猫较为灵活，但爱猫者非为其好动而喜之，否则养猴可也。

惹人爱的猫，也因个性。有些肯亲近人，有些你养它一辈子也不理你。并非家猫才驯服，野猫与你有起缘来，你走到哪里它跟到哪里，不因食。

猫有种种表情，喜怒哀乐，皆可察之。喜时嘴角往上翘，怒了瞪起三角眼。哀子之猫，仰天长啸；欢乐的猫，追自己的尾巴。

猫最可爱时，是当它眯上眼睛，眯与闭不同，眼睛成一条线。

要令到猫眯眼，很容易，将它下颔逆毛而搔，必眯眼。

不然整只抱起来翻背，让她露出肚皮，再轻轻抚摸肚上之毛，这时它舒服得四脚朝天，动也不动，任君摆布。

不管是恶猫或善猫，小的时候总是美丽的，那是因为它的眼睛大得可怜，令人爱不释手。也许这是生存之道，否则一生数胎，一定被人拿去送掉。

要看可爱的猫，必守黄金教条，那是它为主人，否则任何猫，皆不可爱。

...

那些蜻蜓带给我的快乐

每年的八月初， 窗外蜻蜓满天飞， 多得数不清， 煞是好看。

在西方， 蜻蜓给人的印象并不十分好， 挪威人和葡萄牙人都叫蜻蜓为"割眼睛的东西"， 只有我们认为它是益虫， 专吃讨厌的蚊子。

它孵化的过程可能维持三至五年， 但一脱壳长成后， 只有六个月的寿命， 一生整天飞， 整天玩， 真好。

越南人从蜻蜓得到生活的智慧， 他们说："高飞的蜻蜓， 表示天晴， 看到低飞的就要下雨，飞在不高不低处， 天阴。"

当顽童时， 不懂得珍惜生命， 常抓到一只， 用母亲的缝衣线绑着， 当成活生生的风筝来玩， 现在想起， 罪过罪过。

一两只，并不好看，多了，才有趣。一次在曼谷的东方文华酒店河畔，有无数的蜻蜓在飞，仔细观察，才知道它可以在空中静止。随风飘荡，气流一低，迫得下降时，只要微微振那透明的双翼，又升起。

　　不止能停，蜻蜓是唯一一种飞行动物能倒后飞，也可以左右上下飞，如果科学家在它身上得到灵感，也许能够创造出一架比直升机更灵活的交通工具来。

　　当蜻蜓在空中静止时，我看到湄公河上的船只航过，不久，又退回来；再前进，再退回，原来是河水注入海里时，海水高涨发生的现象。

　　蜻蜓还有复眼，两颗大眼球中包着无数的细眼。利用这个原理，当蜻蜓停下，我们轻轻走近它，用手指在它的眼处打圆圈。眼睛一多，看得头晕，这时就可以把它抓住。在日本长野县拍《金燕子》一片的外景时，男主角大闹情绪，吵着要回香港，我教他用这个方法抓蜻蜓，果然灵验。一好玩，脾气不发了，电影继续拍了下去。这是我喜欢讲的蜻蜓故事，回放又回放，今天看到蜻蜓，又说一次。

　　但是最羡慕蜻蜓的，还是它们能在空中交尾，如果人生之中能来那么一次，满足矣。

...

树可交友，人可深交

每逢到了星期一早上，又是香港电台第一台的《晨光第一线》打电话来聊天的时候，听众说不知不觉，已有十年时光吧？我的感觉，则有廿年以上了。

大家都成了老朋友，讲者与听者。主持人问我有没有时常打一个电话问候故交。从前倒做这事，尤其是打到外国。近年已少，因为友人有了电邮，发个短讯较多。

谈到老友，我说除了人可做朋友之外，树也行。像今天谈电话时，由家中窗口望下，路边的树头开满白花，盛放为一片花海，实在漂亮，我就俯首向花问好。

这种树香港人给了一个很俗气的名字，叫树头菜。本名为鱼木，较为文雅。虽说鱼木是由热带亚洲地区引进的，但我在南洋成长，又到过各地旅行，甚少看见这种树，中国香港生得特别旺盛，是福气。

树可长得十五米高，冬天叶子全部掉落，光秃秃的。等到春天到来，又在清明雨纷纷之后，花就开了。起初呈白色，花蕾紧接新叶长出。是花是叶？分辨不出来。仔细观察，花瓣里面有红色的花丝。花能盛开二至三星期，还没变黄，落得满地，不逊樱花。

学名应该是石栗，因为花落后长满肉质多汁的果实，成熟后变硬，故称之属于白花菜科 Capparidaceae。

南洋人叫 Bua Karat 不知道是不是石栗？如果是的话，则可以舂碎后，成为煮咖喱的香料之一种。这一点，还要求证才行。

一看到鱼木开花，就想起十三妹，她的散文中提起此树。因为她是第一个在香港拥有大量读者的专栏作家，我当她为祖，像木匠供奉鲁班、豆腐匠拜刘安一样。

树可以做朋友，故人也能成为深交。十三妹从来没见过面，但当她是知己。在鱼木开花的时候，是我思念她的时候。

...

参加印展，体味方寸乾坤

从珠江三角洲返港， 休息一个晚上， 第二天到澳门去看看业务，又去参加早前民政总署举办的"方寸乾坤" 展览会。

地点开在"龙环葡韵住宅式博物馆"， 本身就是一个值得去一去的建筑物， 古色古香， 巨树林立， 望着海洋。

这次展览的玺印， 由萧春源借出， 一共有一百多方， 多数是秦朝的。 萧先生最爱秦印， 连工作室也起名为"珍秦斋"。

别说我们这一群爱好篆刻的， 连一般欣赏艺术的人也会大开眼界， 展出的铜印、 玉印、 琉璃印和封泥， 皆为稀有， 而且非常精美， 令我们感叹数千年前， 中国人已有那么高深的智慧。

战国时代的玺印，有一枚铜的，分一方一圆一尖三个小印铸在一个印中，叫为"私又生"。

另有一个"心"形的五面印，亦极为珍贵。巴蜀印中，有一方"丧尉"的，字形完整，清晰可读。

秦印最多，"阳初"那两个字刻得很美，那时代的人对印文的构图，已要求极高。

印的形状各有不同，有的以"带钩"出现，等于是我们皮带中那个扣子，铸成了印，随身携带，用起来方便。

有的是活动型，可以旋转来盖，可见做官的流水作业，和现代的一样。

到了汉魏南北朝的印，文字更是我们学习篆刻的人的模范，那方"关外侯印"，不知学习刻过多少遍，才对汉印有点认识。

萧先生非常大方，从珍贵的印章中原钤在扇面上，送了我一把。

中国文字由这些古物中保留下来，都还是活生生的，我们在欣赏印文中，一个个字读出来，相信站在旁边的洋人一定惊叹："数千年的符号，你们还可以认识读出来，这简直是奇迹嘛！"

禅味诗词里的自然之道

IIIIIIIIIIIIIIIIIIIIIIIIIIIIIIIIIIIIIIIII

　　和尚诗也不一定是谈和尚，其实有禅味的诗词都应该归于这一类。

　　关汉卿的小令有："适意行，安心坐，渴时饮，饥时餐，醉时歌，困来就向莎茵卧，日月长，天地阔，闲快活。"

　　这种诗词浅易得像说普通对白，不是关汉卿这种高手是写不出的。

　　苏东坡的绝句，除了那首"庐山烟雨浙江潮"最有禅味之外，他的脍炙人口的另一首也属于和尚诗："横看成岭侧成峰，远近高低各不同。不识庐山真面目，只缘身在此山中。"

又有禅味又虚幻的有："花非花，雾非雾，夜半来，天明去。来如春露不多时，去似朝霞无觅处。"

晚唐诗僧齐己的自遣诗写着："了然知是梦，既觉更何求？ 死人孤峰去，灰飞一烬休。 云无空碧在，天静月华流。 免有诸徒弟，时来吊石头。"

结尾的"石头"，是指盛唐著名禅师石头希迁和尚，死后门人为他建一个塔，时常来凭吊，到底有没有这种必要呢？ 此诗较为引经据典，但也不难懂。

明朝人都穆的《学诗诗》就易明："学诗浑似学参禅，不悟真乘枉百年。 切莫呕心并剔肺，须知妙语出天然。"

又是白居易的禅诗："蜗牛角上争何事？ 石火光中寄此身。 随富随贫且欢乐，不开口笑是痴人。"

苏曼殊的诗："生赠花发柳含烟，东海飘零二十年。 忏尽情禅空色相，琵琶湖畔枕经眠。"

司马光笑属下诗："年去年来来去忙，偷闲暂卧老僧床。 惊回一觉游仙梦，又逐流莺过短墙。"

说到自然，天然和尚最自然："古寺天寒度一宵，风冷不禁雪飘飘。 既无舍利何奇特？ 且取寺中木佛烧。"

与竹有缘，是人生乐事

去年夏天，和麻特别有缘分，买了好几件小千谷缩布料织成的衣服。小千谷依足数百年传统，抽出麻丝，铺于雪地上，等它缩起来，穿了干爽漏风。

今年夏天，则遇上了竹。

先是由印度尼西亚的玛泰岛买了一张大竹席，铺在床上，睡上去凉意阵阵。

这次去了日本又找到了一个竹片编的抱枕，和古书记载的竹夫人一模一样。

前天去中山的三乡找家私，给我看到一件竹织的背心，大喜，即刻买下。

这是一件穿长衫时用的宝贝，内衣之外加这竹背心，外面再穿白的上衣，最后加长袍，才算有一点像样。

有了这件背心，流汗时衣服才不会黏住身体，古人真有一套智慧，任何事都能克服。

捆住这件竹背心的是普通料子的布边，我嫌平凡，请友人替我拆掉，换绸缎新捆，这件竹背心干干净净，像没人穿过，实在合我心意。

再下来会遇到什么竹子做的东西呢？心目中有一个字纸篓，本来买用一个大紫檀树头挖出来的，但是如果有一个竹编的垃圾桶，我也会很满足的。

写字间里摆了一樽竹雕，保留一大捆竹根当成胡子，竹头上刻了一个慈祥的老头子。

之前有一个，将竹根倒反，竹头上刻着观音，竹根在观音后面，像光线一样四射，造型优美。结果送给了朋友，现在有一点怀念着它，向友人要回来的话，不好意思，看看能不能再找到一个。

新居还没装窗帘，我想到用细竹枝编的帘子，在国内和日本都没找到合适的。窗帘用此物遮不住光，我一点也不介意，阳光愈多愈好，竹帘只是装饰。要是再找不到，干脆不用，让太阳叫醒我，是乐事。

...

享受逛书店的乐趣

逛书局，对我来说是一种人生乐事，是许多在网上购书的人不懂得的。

不爱读书，对书局这个名字已敬而远之。输输声，今天赛马一定赢不了，他们不懂得看书的乐趣，我只能同情。

书有香味吗？答案是肯定的。纸的味道来自树木，大自然的东西，多数是香的。逛书局，用手接触到书，挑到不喜欢的放回架上，看中的带回家去，多快乐！唯一的毛病，是书重得不得了。

在中国香港，我爱去的书局是"天地图书"，香港九龙各一家，书的种类愈来愈多，当今连英文书也贩卖了。

专卖英文的，有尖沙咀乐道的 Swindon，光顾了数十年，入货还是那么精，找不到你要的，请他们订，几个星期便收到。

日文书则在"智源"购买，它的藏书丰富，杂志更是无奇不有，订购货期更是迅速。

在伦敦的话，有整条街都是书局，英文书一点问题也没有。巴黎则只有在罗浮宫对面的 Galignani 了，买完书到隔几家的 Angelina 喝杯茶和吃点心，又是一乐。

在内地，书店开得极大，让人眼花缭乱，看得头昏，我只是锁定了要什么种类的书，看到了就买，不见算数，绝对不逛。

逛的意思，是有闲情。书店不能太大，慢慢欣赏，在里面留连上一小时，才叫逛。

逛，也是只限于熟悉的地方，人也要熟悉，每一间总有一两位百科全书脑袋的店员，请他们找你要而不见的。这些人，是书店的一份子，永远隔不开，少了他们，书店也没资格叫书店了。

当今中国香港的一些英文书店，为了节省成本，请菲律宾籍店员管理，多数又老又丑，我绝对没有种族歧视，但有时看到她们那爱理不理的表情，心里总咒这家书店执笠。